# 冬の薔薇 立ち向かうこと恐れずに

小林 凜
日野原重明
（第二章 九十歳差の往復書簡）

ブックマン社

簡単に子どもに対して
天才という称号を与えるのはいかがなことかと思う。
大人からの過大な賛辞や期待は
子どもの成長にとっていかなる負荷になるものかとも思う。
しかし、少なくとも自分には
今もってこのような才能は見いだせない。

ＨＯＮＺ代表・成毛眞

『ランドセル俳人の五・七・五』への書評
『ノンフィクションはこれを読め！２０１３』より抜粋

病《やまい》には笑顔《えがお》で向《む》かえ鰯雲《いわしぐも》

冬《ふゆ》の蜘蛛《くも》助《たす》けていつか銀《ぎん》の糸《いと》

仲直《なかなお》り桜吹雪《さくらふぶき》の奇跡《きせき》かな

# 冬の薔薇立ち向かうこと恐れずに

目次

第一章
春の陽の我が生き様を照らしけり

# 第一章　春の陽の我が生き様を照らしけり

# 「秋」

満月《まんげつ》やうさぎ探《さが》して望遠鏡《ぼうえんきょう》

（12歳）

つくばいを朱《しゅ》に埋《う》めつくす紅葉《もみじ》かな

（10歳）

金色《こんじき》の一葉《ひとは》淋《さび》しき銀杏《いちょう》かな

（10歳）

客《きゃく》を呼《よ》ぶ秋刀魚《さんま》は銀《ぎん》の腹見《はらみ》せて

（10歳）

秋晴《あきば》れや犬《いぬ》にも恋人《こいびと》いるのかな

（7歳）

枝先《えださき》の鬼灯《ほおずき》青《あお》く枯《か》れにけり

（12歳）

ゴーヤ棚《たな》外《はず》せば白《しろ》き風《かぜ》通《とお》る

（10歳）

薄《すすき》の穂《ほ》不登校時《ふとうこうじ》はこの道《みち》を

（12歳）

七夕《たなばた》や犬《いぬ》にも願《ねが》いあるだろう

飼っていた犬が、七夕飾りを見上げていました。
犬にも叶えたい願いがあるのだろうなあ、と思いました。

（7歳）

朝露《あさつゆ》や大地《だいち》のダイヤ光《ひか》ってる

早朝の草原が朝日で光っています。

（7歳）

萩《はぎ》の花《はな》紅《こう》白《はく》に揺《ゆ》れ合戦《がっせん》す

萩の花が咲いていています。たくさんの赤と白の花が
揺れているところは、まるで運動会のようです。

（12歳）

ブランコに座《すわ》れば秋《あき》の刻《とき》止《と》まる

短い秋の日の夕暮れ、ブランコに座っていると、
幸せな気分になって、このまま時間が
止まってくれたらいいのにと思いました。

遠《えん》慮《りょ》がちつくつくぼうし秋《あき》を呼《よ》ぶ

たくさんのクマゼミが鳴いています。
その鳴き声が止んだかと思ったら、つくつくぼうしが
鳴き始めました。夏の終わりは遠くはありません。

亡《な》き祖《そ》父《ふ》へ葉《は》書《がき》届《とど》きぬ秋《あき》の風《かぜ》

昨年（二〇二二）亡くなった祖父が背広を仕立てていた店から
宣伝の葉書が届きました。宛名を見てふと悲しくなりました。

（すべて12歳）

もろこしの髭《ひげ》白《しろ》ければ祖《そ》父《ふ》思《おも》う

茄《な》子《す》の馬《うま》祖《そ》父《ふ》乗《の》せ来《き》たる枕《まくら》辺《べ》に

茄《な》子《す》の馬《うま》祖《そ》父《ふ》のまたぐやつまずくな

送《おく》り火《び》を消《け》して家《か》族《ぞく》はまた三《さん》人《にん》

（すべて12歳）

笑《え》みに似《に》てはじけたる栗《くり》ありにけり

（12歳）

そよ風《かぜ》の中《なか》に小《ちい》さな秋《あき》発《はっ》見《けん》

（6歳）

ポポと鳴《な》く小《こ》人《びと》の笛《ふえ》のひよ鳥《どり》よ

（10歳）

病《やまい》には笑《え》顔《がお》で向《む》かえ鰯《いわし》雲《ぐも》

（10歳）

オペ告《つ》げる医《い》師《し》の白《はく》衣《い》や暮《くれ》の秋《あき》

（10歳）

柿《かき》供《そな》う線《せん》香《こう》の香《か》と柿《かき》の色《いろ》

とんぼうの体《からだ》の青《あお》は空《そら》の青《あお》

熱《ねっ》唱《しょう》す林《りん》檎《ご》の歌《うた》は祖《そ》母《ぼ》の歌《うた》

柿《かき》食《く》えば遥《はる》か遠《とお》くの子《し》規《き》思《おも》う

（すべて12歳）

山《やま》に来《き》て団《どん》栗《ぐり》落《お》ちる音《おと》がする

（7歳）

団《どん》栗《ぐり》や優《やさ》しどじょうと遊《あそ》んでけ

「どんぐりころころ」の歌を思い出して、
山で拾ってきたどんぐりをどじょうの水槽に入れました。

（10歳）

団《どん》栗《ぐり》をよけて一《いっ》歩《ぽ》を踏《ふ》み出《だ》しぬ

（10歳）

ベレー帽《ぼう》かぶり団栗《どんぐり》芸術家《げいじゅつか》

山でどんぐりを拾いました。かぶっている傘がベレー帽みたいで、どんぐりは芸術家のように見えました。

（12歳）

団栗《どんぐり》に目《め》鼻《はな》を書《か》けば母《はは》に似《に》て

（12歳）

背《せい》くらべ早《は》や団栗《どんぐり》を越《こ》えにけり

母と背くらべをしました。この句の中のどんぐりは、母のことです。未熟児だった僕が、もうすぐ母の背を越します。

（12歳）

夕日《ゆうひ》射《さ》す砂場《すなば》団栗《どんぐり》ひとつかな

（8歳）

夕月《ゆうづき》の足音《あしおと》たてずついてくる

（7歳）

草《くさ》かけてバッタの亡骸《なきがら》埋《う》めた朝《あさ》

（7歳）

初《はつ》ゴーヤほろ苦《にが》き味《あじ》祖母《そぼ》の味《あじ》

（8歳）

薄《すすき》の穂《ほ》頭《こうべ》を垂《た》れて活《い》けられし

3年生の時の教頭先生は、
廊下に花を活けておられました。

（9歳）

無花果《いちじく》を割《わ》れば無数《むすう》の未来《みらい》あり

（10歳）

草相撲《くさずもう》野原《のはら》寂《さび》しき一人《ひとり》かな

（11歳）

やがて消《き》ゆ宅地《たくち》に群《む》れる猫《ねこ》じゃらし

（11歳）

お茶《ちゃ》点《た》てて祖父《そふ》に供《そな》えぬ秋日和《あきびより》

（12歳）

かまきりはイナバウアーで威嚇《いかく》かな

（11歳）

蟷螂《とうろう》や鎌《かま》下《お》ろすなよ吾《あ》は味方《みかた》

カマキリが道路の真ん中にいました。このままだと車にひかれるので、捕まえて土手に移そうとすると、鎌を振り上げてきました。「僕は敵ではないよ」と言ってあげたかった。

（12歳）

息絶《いきた》えし蟷螂《とうろう》埋《う》めて風《かぜ》の中《なか》

（12歳）

蟷螂《とうろう》や年代物《ねんだいもの》の鎌《かま》であり

祖母がカマキリを見ていて、「カマキリって昔からこんな姿だったの？」と聞いてきました。

（12歳）

野《の》朝《あさ》顔《がお》蜜《みつ》たたえれば虫《むし》住《す》まう

（12歳）

野《の》朝《あさ》顔《がお》絡《から》み絡《から》まれ咲《さ》きにけり

（12歳）

野《の》朝《あさ》顔《がお》越《えっ》冬《とう》隊《たい》のごとく立《た》つ

（12歳）

鈴《すず》虫《むし》や音《ね》色《いろ》を立《た》てて僕《ぼく》を呼《よ》ぶ

（8歳）

ちびバッタ達者《たっしゃ》で暮《く》らせこの庭《にわ》で

野原で捕ったバッタを、家の庭に放しました。

（6歳）

強《こわ》面《もて》のエンマコオロギ今《いま》は友《とも》

幼い時は強面《こわもて》の顔が怖くて近づけなかったコオロギが、
今はとても親しみを感じるようになりました。

（10歳）

群《む》れ飛《と》びて集団《しゅうだん》下校《げこう》赤《あか》とんぼ

集団下校の日。僕たちの前を赤とんぼも群れて
飛んでいました。赤とんぼも集団下校しているのでしょう。

（10歳）

掛《か》け軸《じく》を巻《ま》きて秋《あき》の日《ひ》去《さ》りにけり

季節の変わり目、家中の額の色紙や
床の間の掛け軸を替える手伝いをします。

秋《あき》夕《ゆ》焼《やけ》戦《せん》火《か》の国《くに》を思《おも》いけり

夕日を眺めていました。秋の夕日に真っ赤に染まる雲は、
燃えさかる戦火を思わせました。
テレビのニュースで見た未だ戦いのある国の事を思いました。

桃《もも》売《う》りの翁《おきな》の仕《し》草《ぐさ》祖《そ》父《ふ》に似《に》て

おじいさんが軽トラに乗って桃を売りに来ました。
そのおじいさんの仕草が、どことなく
亡くなった祖父に似ていました。

（すべて12歳）

大《おお》銀杏《いちょう》金《こん》色《じき》まとひ凛《りん》と立《た》つ

（10歳）

薄《すすき》の穂《ほ》消《き》えて洋《よう》館《かん》建《た》ちにけり

（12歳）

水《みず》切《き》りをされて目《め》覚《ざ》める桔梗《ききょう》かな

（8歳）

カンナ咲《さ》く母《はは》の出《しゅっ》勤《きん》見《み》送《おく》りて

（10歳）

背《せ》が高《たか》くなったと言《い》われ秋《あき》の暮《く》れ

バッタ捕《と》り跳《は》ねて逃《に》げれば跳《は》ねて追《お》う

栗《くり》食《は》めば旨《うま》いと言《い》う祖《そ》父《ふ》居《い》ぬ夕《ゆう》げ

秋《あき》空《ぞら》や憂《う》きことも掃《は》くほうき雲《ぐも》

（すべて12歳）

折《お》り取《と》らず一本《いっぽん》咲《ざ》きの曼《まん》珠《じゅ》沙《しゃ》華《げ》

（12歳）

# 「冬」

コーギーの足《あし》短《みじか》くて落《お》ち葉《ば》かな

（10歳）

日向《ひなた》ぼこ時《とき》を忘《わす》れて話《はな》しけり

（8歳）

白煙《はくえん》や野焼《のや》きしている男《おとこ》たち

（8歳）

街灯《がいとう》の光《ひかり》凍《こお》って帰《かえ》り道《みち》

（7歳）

枯蟷螂《かれとうろう》捕《と》る手《て》をそっと引《ひ》きにけり

（12歳）

吾《あ》も犬《いぬ》も吐《は》く息《いき》白《しろ》き散歩道《さんぽみち》

（11歳）

風花《かざはな》や我《われ》の心《こころ》に降《ふ》りつもる

（11歳）

残《のこ》されて一人《ひとり》たたずむ雪《ゆき》だるま

（11歳）

枯草《かれくさ》に大《だい》の字《じ》に寝《ね》て詩人《しじん》かな

病気で長く家の中にいて、久しぶりに外に出ました。野原に寝転んで青い空を見ました。

（8歳）

登校路《とうこうろ》ふくら雀《すずめ》に声《こえ》をかけ

「おーい、そんなに着込んで暑くないかあー」。

（12歳）

師《し》の涙教科書《なみだきょうかしょ》に落《お》ち冬日《ふゆび》かな

国語の授業でA先生が教科書の中の「ヒロシマのうた」を朗読されました。途中から先生の目が潤んできました。

（12歳）

冬《ふゆ》の蜘蛛《くも》助《たす》けていつか銀《ぎん》の糸《いと》

芥川龍之介『蜘蛛の糸』より。
いつか僕にも、蜘蛛の糸が垂らされるかなあと思って。

休《きゅう》学《がく》中《ちゅう》冬《ふゆ》野《の》に二人《ふたり》と一匹《いっぴき》が

僕は休学中、祖母と愛犬といつも散歩しました。

垣《かき》根《ね》越《ご》しもらうすずしろ粥《かゆ》にして

お隣りのおばさんが、垣根越しに大根をくださいました。

（すべて9歳）

水中《すいちゅう》に消《き》えつつも咲《さ》くナズナかな

風花《かざはな》やおぼろに見《み》たる祖《そ》父《ふ》の夢《ゆめ》

粉《こな》雪《ゆき》の一糸《いっし》乱《みだ》れず降《ふ》りにけり

雪《ゆき》だるま溶《と》ければ残《のこ》る目《め》鼻《はな》口《くち》

（すべて12歳）

落《お》ち葉《ば》踏《ふ》む誰《だれ》かの手《て》紙《がみ》に貼《は》りたいな

（7歳）

鎌《かま》風《かぜ》やなぜか憎《にく》めぬ指《ゆび》の傷《きず》

（11歳）

エアメール悴《かじか》んだ手《て》で投《とう》函《かん》す

（11歳）

冬《ふゆ》休《やす》み祖《そ》母《ぼ》の至《し》福《ふく》は二人《ふたり》きり

（12歳）

月　日　曜日

ツリー背に算数に泣く
聖夜かな

老犬の尾が揺らしたり
聖樹かな

行《ゆ》く年《とし》や良《よ》きも悪《あ》しきも懐《なつ》かしき

除夜の鐘が鳴り始めました。一年の終わりです。
春には本を出版した喜びがあったし、いじめで苦しんだことも
今では懐かしいと思えるようになりました。

（12歳）

雑《ぞう》煮《に》椀《わん》根《こん》菜《さい》の花《はな》咲《さ》きにけり

（12歳）

初《はつ》夢《ゆめ》や獏《ばく》にかじられ見《み》られずに

「初夢はどうだったの」と聞かれましたが、
僕は見ることができませんでした。

（7歳）

亡《な》き祖《そ》父《ふ》の名《な》も書《か》かれけり祝《いわ》い箸《ばし》

（12歳）

# 初《はつ》点《て》前《まえ》碗《わん》の宇《う》宙《ちゅう》の泡《あわ》銀《ぎん》河《が》

お正月、お茶を点てています。
シャカシャカと茶せんを動かすと泡ができます。

（12歳）

柊《ひいらぎ》や福《ふく》も痛《いた》いと逃《に》げて行《い》く

（12歳）

柊《ひいらぎ》に刺《さ》した鰯《いわし》が吾《あ》を見《み》つめ

節分で柊に生のままの鰯を刺してしまいました。
鰯の目が潤んでいるように見えました。

（12歳）

豆《まめ》まきや泣《な》いた赤《あか》鬼《おに》豆《まめ》当《あ》てず

（11歳）

豆《まめ》まきを忘《わす》れ気《き》づけばそばに鬼《おに》

節分の夜、巻き寿司を食べて、
豆まきをするのをすっかり忘れていました。
もしかしたら、家の中に鬼が座っているかもしれません。

（12歳）

天井《てんじょう》に小蜘蛛《こぐも》一匹《いっぴき》冬《ふゆ》の旅《たび》

（7歳）

霜《しも》の原《はら》蛇《へび》も霜焼《しもや》け真《ま》っ赤《か》かな

（7歳）

雪《ゆき》だるま朝日《あさひ》を浴《あ》びて生《い》き残《のこ》る

（7歳）

塾帰《じゅくがえ》り祖母《そぼ》待《ま》つ家《いえ》の冬灯《ふゆとも》し

（11歳）

越冬《えっとう》のメダカ狙《ねら》いて羽《はね》残《のこ》す

咳《せき》すれば老《ろう》犬《けん》返《かえ》す大《おお》あくび

場《ば》は和《なご》むおでん食《は》めばの話《はなし》だが

（すべて12歳）

葉《は》牡《ぼ》丹《たん》や紫《むらさき》色《いろ》の天《てん》の露《つゆ》

（10歳）

雪《ゆき》景《げ》色《しき》ついつぶやいた声《こえ》も白《しろ》

（11歳）

カニサボテン無《む》数《すう》の鋏《はさみ》冬《ふゆ》を切《き》る

（11歳）

小《こ》春《はる》日《び》や側《そば》に老《ろう》犬《けん》いつの間《ま》に

（12歳）

白《しろ》き畝《うね》下《した》に命《いのち》の芽《め》生《ば》えかな

（10歳）

冬日《ふゆひ》差《ざし》良《よ》きこと待《ま》ちてただ浴《あ》びる

（11歳）

冬《ふゆ》銀《ぎん》河《が》希《き》望《ぼう》すること忘《わす》れざる

（12歳）

一輪《いちりん》は摘《つ》まずにおこう冬《ふゆ》の野《の》に

（8歳）

冬《ふゆ》の薔薇《ばら》立《た》ち向《む》かうこと恐《おそ》れずに

（12歳）

# 「春」

虫《むし》たちを宙《ちゅう》に飛《と》ばすな春《はる》嵐《あらし》

（10歳）

朝《あさ》日《ひ》射《さ》す紫《むらさき》立《だ》ちし仏《ほとけ》の座《ざ》

（10歳）

蕗《ふき》の花《はな》蝶《ちょう》に愛《あい》され蜜《みつ》吸《す》われ

（8歳）

散《ち》りつつもなお色《いろ》褪《あ》せず花《はな》むしろ

（12歳）

野火《のび》走《はし》る小虫《こむし》も走《はし》る運命《さだめ》かな

（12歳）

紋白蝶《もんしろちょう》春《はる》の郵便《ゆうびん》忙《いそが》しや

（7歳）

薪割《まきわ》りのカーンと響《ひび》く野焼《のや》きかな

（11歳）

啓蟄《けいちつ》や小虫《こむし》のあくび一斉《いっせい》に

（12歳）

雪柳《ゆきやなぎ》季節《きせつ》はずれの雪《ゆき》降《ふ》らす

春だというのに雪をかぶったように雪柳が咲いています。

（11歳）

金盞花《きんせんか》仏《ほとけ》坐《ざ》すごと開《ひら》きけり

仏壇の中のお軸に、仏様が描かれています。仏様は金盞花のような座に座られています。

（11歳）

風船《ふうせん》や青《あお》き世界《せかい》に自由《じゆう》得《え》て

手を離れた風船は大空へ。

（12歳）

蒲公英《たんぽぽ》の綿《わた》の連《つら》なる未来都市《みらいとし》

公園のたんぽぽの花がいっせいに綿毛になっています。
茎の先についた丸い毛が並んで、
まるで未来都市のように見えました。

石切場人影《いしきりばひとかげ》もなく沈丁花《じんちょうげ》

近くに古い石切場があります。
人はいませんが、沈丁花が美しく咲いています。

立春《りっしゅん》や祖母《そぼ》の待《ま》ち受《う》け桃色《ももいろ》に

祖母の携帯は、季節に合わせて待ち受け画面の色が
変わります。2月4日、待ち受け画面が桃色になりました。

（すべて12歳）

4年生まで毎朝校門で出迎えてくださった先生が転勤される時に詠みました。

紋《もん》黄《き》蝶《ちょう》ブーゲンビリアに誘《さそ》われて

（7歳）

葱《ねぎ》坊《ぼう》主《ず》触《ふ》れたくなりし下《げ》校《こう》道《みち》

（10歳）

寒《かん》戻《もど》り野《の》の虫《むし》たちの姿《すがた》消《け》す

（10歳）

白《しろ》詰《つめ》草《くさ》一面《いちめん》足《あし》の踏《ふ》み場《ば》なし

（9歳）

蒲公英《たんぽぽ》が霜《しも》におそわれナポレオン

霜にやられたタンポポを見て、ロシアに攻め込んだ
皇帝ナポレオンが霜将軍に敗れたという故事を思い出しました。

（8歳）

寒戻《かんもど》り祖母《そぼ》の出《だ》し入《い》れ忙《いそが》しき

暖かくなったと思ったら、冬並みの寒さが戻ってきました。
冬物の服を片付けたばかりの祖母は大忙しです。

（12歳）

菜《な》の花《はな》や駅《えき》のホームに鳩並《はとなら》ぶ

電車を待ってホームに立っていると、
鳩がやってきて、一緒に電車を待っているかのようでした。

（12歳）

桜餅《さくらもち》吾《あ》が食《は》む前《まえ》に消《き》えにけり

後で食べようと思っていた桜餅が消えていました。
甘党の祖母の仕業です。

ラブレター師《し》の手《て》に渡《わた》す落椿《おちつばき》

登校時に拾った椿の花をＡ先生の手に渡しました。

早《はや》く来《き》て春《はる》ともめたり夏模様《なつもよう》

まだ春なのに、急に夏のような暑さになった日。
きっと春と夏がもめているのだろうなと思いました。

（すべて12歳）

烏帽子差《えぼしさ》しお雛飾《ひなかざ》りの仕上《しあ》げかな

（8歳）

徳利持《とくりも》ちぽんぽこ狸花椿《たぬきはなつばき》

（9歳）

割《わ》れ目《め》よりそっと顔出《かおだ》す仏《ほとけ》の座《ざ》

（12歳）

休日《きゅうじつ》や犬《いぬ》の肉球《にくきゅう》あたたかき

（12歳）

麗《うら》らかや御伽《おとぎ》の国《くに》の雲《くも》光《ひか》る

（12歳）

花辛夷《はなこぶし》白《しろ》き提灯《ちょうちん》ともしけり

（12歳）

春《はる》の富士《ふじ》見《み》とれ名水《めいすい》飲《の》み干《ほ》しぬ

（12歳）

白梅《はくばい》の我《われ》を待《ま》たずに散《ち》りにけり

（11歳）

散歩道《さんぽみち》紋白蝶《もんしろちょう》に導《みちび》かれ

髪染《かみそ》めてどこか悲《かな》しげ祖母《そぼ》の春《はる》

うたた寝《ね》に春《はる》の野原《のはら》を駆《か》けにけり

紅雨《こうう》とは焼《や》かれし虫《むし》の涙《なみだ》とも

（すべて12歳）

白梅《はくばい》に引《ひ》き留《と》められし家路《いえじ》かな

（11歳）

暮《くれ》遅《おそ》し烏《からす》とともに家路《いえじ》行《ゆ》く

（12歳）

受験生《じゅけんせい》沈《しず》む人《ひと》あり跳《は》ねるあり

（12歳）

この道《みち》を幾度《いくたび》通《とお》る春《はる》近《ちか》し

（11歳）

春《はる》の陽《ひ》の我《わ》が生《い》き様《ざま》を照《て》らしけり

（12歳）

#「夏」

蜘《く》蛛《も》の巣《す》の地《ち》上《じょう》の星《せい》座《ざ》アートかな

（7歳）

自《じ》転《てん》車《しゃ》の真《ま》横《よこ》すれすれ親《おや》燕《つばめ》

（11歳）

蕗《ふき》茹《ゆ》でて緑《みどり》の深《ふか》くなりにけり

（12歳）

紫《あ》陽《じ》花《さい》を盥《たらい》に浮《う》かべ浮《う》き島《しま》に

（12歳）

鯉《こい》のぼり池《いけ》に映《うつ》りて泳《およ》ぎけり

誰《だれ》よりも祖《そ》母《ぼ》が食《た》べたる柏《かしわ》餅《もち》

野《の》牡《ぼ》丹《たん》のもの懐《なつ》かしき葉《は》の形《かたち》

夏《なつ》の月《つき》疲《つか》れし母《はは》を出《で》迎《むか》えて

（すべて12歳）

## 甲《こう》羅《ら》干《ほ》す子《こ》亀《がめ》の並《なら》ぶパラダイス

散歩で行った池の淵に、
5、6匹の亀が並んで甲羅干しをしていました。
その姿は、まるで南国でくつろいでいるかのようでした。

（12歳）

## 白《しら》百《ゆ》合《り》や雪《ゆき》も降《ふ》らずに染《そ》まりしか

夏なのに、まるで雪に染まったかのように真っ白な白百合。

（11歳）

## 下《げ》校《こう》道《みち》影《かげ》濃《こ》くなりし立《りっ》夏《か》かな

下校道を歩いていると、ふと気がつきました。
今までよりも、影の濃さが増していました。

（12歳）

風《かぜ》の渦《うず》新緑《しんりょく》の香《か》の中《なか》にいて

お散歩に行きました。公園の木陰にあるベンチに座っていると、風が緑の香を運んできました。

紫陽花《あじさい》をもいで手毬《てまり》としたき午後《ごご》

紫陽花がたくさん咲いていました。
その一つを手に取って、ついてみたい気がしました。

豆御飯《まめごはん》昔話《むかしばなし》に引《ひ》き込《こ》まれ

えんどう豆をむきながら祖母は昔話を語ります。

（すべて12歳）

# 夏空《なつぞら》を分《わ》かつモーゼの飛行機雲《ひこうきぐも》

青空を分かつように飛行機雲が一直線に筋を描いていきます。まるでモーゼの十戒で海が分かれていくようです。

（11歳）

柿若葉《かきわかば》自《みずか》ら光《ひか》りエメラルド

朝の散歩中、大きな柿の木の葉が、
朝日がなくても美しい緑色を放っています。

筍《たけのこ》をむきて螺旋《らせん》の塔《とう》となる

筍をむくお手伝いをしました。
皮がとれた後の筍は、螺旋の塔のように見えました。

筍《たけのこ》の筍《たけのこ》掘《ほ》りをつまずかせ

筍掘りに誘ってもらいました。初体験で楽しかったです。

（すべて12歳）

理《り》科《か》室《しつ》に百《ゆ》合《り》の香《か》溢《あふ》れ月《げつ》曜《よう》日《び》

病《わくら》葉《ば》の夕《ゆう》日《ひ》の色《いろ》に落《お》ちにけり

短《みじか》夜《よ》や疲《つか》れし母《はは》のメール来《く》る

白《しら》鷺《さぎ》や夕《ゆう》暮《ぐ》れどきの風《かぜ》任《まか》せ

（すべて12歳）

あめんぼの今日《きょう》は滑《すべ》らず定休日《ていきゅうび》

（12歳）

松《まつ》の葉《は》の小《ち》さき氷雨《ひさめ》を抱《いだ》きけり

（12歳）

薔薇《ばら》の花《はな》涙《なみだ》の母《はは》の手《て》にありし

（11歳）

童《わらべ》らの声《こえ》に負《ま》けじと蟬時雨《せみしぐれ》

（11歳）

尿《にょう》かけて七日《なのか》の命《いのち》守《まも》る蟬《せみ》

蟬を捕ろうとしたら、尿をかけながら飛び立ちました。
思わず木の下から逃げました。

（9歳）

蟬時雨《せみしぐれ》ふたりの会話《かいわ》切《き》れ切《ぎ》れに

木の下を歩いていると、蟬時雨の音量がすさまじくて、
会話をしても聞き取りにくいくらいでした。

（12歳）

空蟬《うつせみ》のひとつひとつに魂《たま》こもる

蟬の抜け殻を木や塀に見つけました。
生きているかのように、しっかりとしがみついていました。

（12歳）

熊蝉《くまぜみ》や戦国《せんごく》の世《よ》のよろい着《き》て　（11歳）

木《き》も震《ふる》う熊蝉《くまぜみ》の背《せ》の黒《くろ》さかな　（11歳）

朝々《あさあさ》に迷《まよ》いし蝉《せみ》を木《き》に這《は》わす　（12歳）

夜鳴《よな》き蝉《ぜみ》親《おや》を思《おも》いて夜《よ》もすがら　（9歳）

## 昼《ひる》寝《ね》どき老犬《ろうけん》の手《て》の柔《やわ》らかき

床の上で老犬と横になっていました。
犬が「握ってもいいよ」というように前足を差し伸べてきたので、そっと前足を握ると、
その肉球はまるでマシュマロのようでした。

## 芍《しゃく》薬《やく》の深《しん》紅《く》にもぐる小《こ》虫《むし》かな

芍薬の花が咲いていました。花の中をのぞくと、
重なった花びらの奥へともぐり込もうとしている
小虫がいました。

## 助《たす》けたる庭《にわ》の揚《あげ》羽《は》は飛《と》び立《た》てず

道路で死にかけの揚羽蝶を見つけました。
そっとつまんで葉っぱにのせ、家の庭まで運びました。
でも、その揚羽蝶が再び羽を広げることは、
もうありませんでした。

## てんと虫《むし》豆《まめ》粒《つぶ》ほどに力《ちから》秘《ひ》め

てんとう虫を指につけて逆さまにしても、
しっかりしがみついています。こんな小さな虫にも
大きな力があるのだな、と思いました。

## デバネズミ穴《あな》のカースト夏《なつ》休《やす》み

上野動物園へ行った時、ハダカデバネズミを見ました。
彼らは穴の中で様々な仕事を持ち、
その仕事は体の大きさで決まります。
一見、普通の巣穴ですが、その中では壮大な文明が…。

## 森《もり》の青《あお》吸《す》い込《こ》むごとくソーダ水《すい》

上野公園のそばの喫茶店で、メロンソーダを
注文しました。ストローで飲むと、まるで青い森を
吸い込んでいくようでした。

（すべて12歳）

**亀《かめ》の子《こ》のもらわれて行《い》く運命《さだめ》かな**

誰かが学校に持って来た亀の子が病気だったので
預かっていました。僕の家にはすでに2匹亀がいるので
ずっとは飼えません。飼い主を探しましたが見つからず、
結局学校の先生が飼ってくれました。

**亀《かめ》の子《こ》や思《おも》い出《で》残《のこ》し竜宮《りゅうぐう》へ**

もらわれていった子亀は、幸せに暮らしているだろう。

**花菖蒲《はなしょうぶ》おぼれし虫《むし》の助《たす》け舟《ぶね》**

池のほとりに咲く花菖蒲。
広い水面で虫たちがよじ登っています。

（すべて12歳）

羽化《うか》したる天道虫《てんとうむし》や我《われ》に似《に》て

生まれたてのてんとう虫の成虫は、
柔らかくて未熟で弱くて、小さいころの僕のようです。
でも、今の僕はもう弱くはありません。

亡《な》き祖父《そふ》と薔薇《ばら》を通《とお》して話《はな》しけり

亡くなった祖父が大切に育てていた薔薇が
今年も咲きました。もういない祖父の声が
聞こえてくるような気がしました。

愛《め》でし人《ひと》ひとり減《へ》りたる庭《にわ》の薔薇《ばら》

祖父がいた頃は、庭の薔薇を
家族四人で眺めました。

（すべて12歳）

## 夏嵐《なつあらし》街《まち》は渦巻《うずま》く洗濯機《せんたくき》

今日、大雨が降りました。
窓ガラスを叩く雨の音、とめどなく降る雨、その状況は、まるでこの町全体が洗濯機になったかのようでした。

## 老犬《ろうけん》の吾《あ》の傷《きず》なめし夏《なつ》の夢《ゆめ》

学校で脚をすりむきました。家に帰ると、愛犬アベルがなめてくれました。夢を見ているようでした。

## 誰《だれ》ですかサングラスして祖母《そぼ》の顔《かお》

サングラスをかけた祖母はまるで別人です。

（すべて12歳）

紫陽花《あじさい》や赤《あか》と青《あお》とのリトマス紙《し》

コルク栓《せん》夏《なつ》の宴《うたげ》の名残《なごり》かな

僕の13歳の誕生日会をしました。
翌朝、昨日のことを物語るかのように、シャンパンのコルク栓が転がっていました。むろんノンアルコールです。

凛々《りんりん》と十三歳《じゅうさんさい》の夏来《なつきた》る

山廬《さんろ》来《き》て風鈴《ふうりん》鳴《な》れば蛇笏《だこつ》の声《こえ》

夏休み、山梨の笛吹市に招かれました。飯田蛇笏・龍太の生まれた里です。蛇笏の生家は山廬と呼ばれています。
その山廬の軒先に、蛇笏が詠んだのと同じくろがねの風鈴が吊るされていました。蛇笏もこの風鈴の音を聴いていたのでしょう。

（すべて13歳）

向日葵《ひまわり》やどの花《はな》よりも陽《ひ》を愛《あい》す

（12歳）

# 第二章
## 小林凛　日野原重明
## 命はめぐる――九十歳差の「往復書簡」

# 日野原先生との出会い

小林凛

日野原重明先生が、朝日新聞（二〇一一年六月十一日）に「災害と宮沢賢治」と題してエッセイを書かれていました。それには、「俳句や短歌も、音楽のように再起へのエネルギーになるのではないか」と書かれています。母と祖母はこの欄の愛読者です。この話が家の中で話題になりました。そして、祖母が、俳句でいじめを乗り越えている僕のことを書いてお便りしました。先生からお返事が来た時はびっくりしてとても嬉しかったです。

東日本大震災の時、避難所で家族の名前を書いたカードをかかげて家族を捜す、僕と同い年の男の子の新聞記事を読み、今でも頭から離れません。その時一句詠みました。

「名《な》をかかげ避難所《ひなんじょ》まわる九歳《きゅうさい》よ」

また、散歩中、うぐいすの声が聞こえてきて詠んだ句もあります。

「うぐいすやこの声《こえ》届《とど》け被災地《ひさいち》に」

この二句は朝日新聞の記事に載せて頂きました。この年の秋に先生が百歳になられたことを知り、句を詠んでお送りしました。

「百《ひゃく》歳《さい》は僕《ぼく》の十《じゅう》倍《ばい》天《てん》高《たか》し」

# 日野原先生に初めて会った時

小林凛

僕は夏休み、日野原先生にお会いするため聖路加国際病院に行った。教会のようなステンドグラスや、日野原先生がお書きになった文章や、絵画があちこちに飾られていた。

僕は緊張した。

遂に日野原先生とお会いすることになった時、優しい感覚に包まれた。先生と初めて会ったような気がしなかった。むしろ、僕は先生にそれほどの親しみを感じたのだ。なぜなら、先生はこれまで出会ってきた多くの人達の中でも、とりわけ優しかったからだ。

記念写真を撮る時、肩をそっと先生に抱かれた温かさを僕は今も忘れない。

2013年 7月 29日 月曜日

。百歳の師に抱《いだ》かれた
夏休み

。吾の肩に師の手感じ
て蝉時雨

# 小林凜君へ

往復書簡

日野原重明

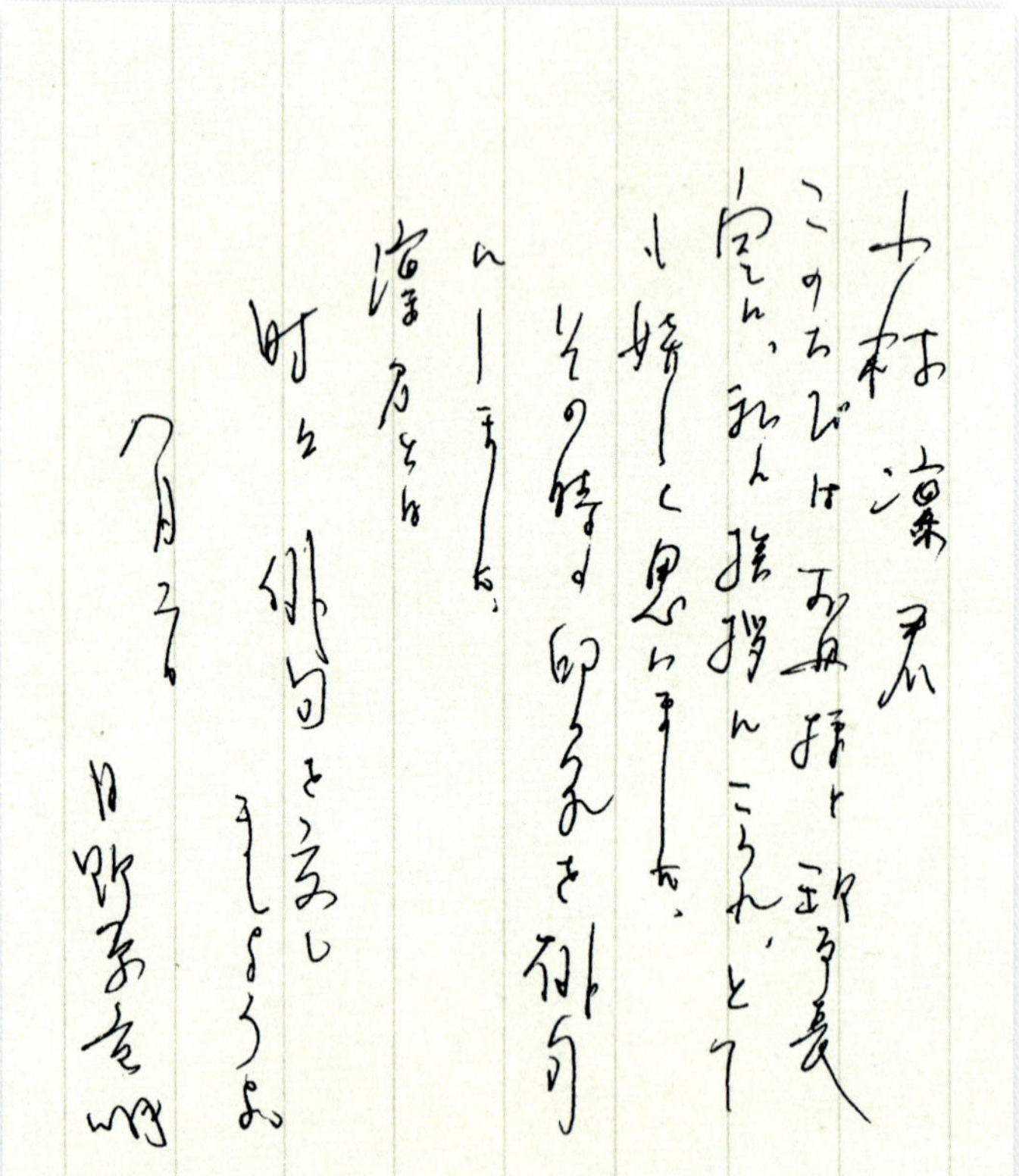
小林凜君
このたびはお祖母様と理事長
室に、私に挨拶にこられ、とて
も嬉しく思いました。
その時の印象を俳句
にしました。
凜君とは
時々俳句を交し
ましょうよ
7月2日
日野原重明

小林凛君

このたびはお母様と理事長室に、私に挨拶にこられ、
とても嬉しく思いました。
その時の印象を俳句にしました。
凛君とは時々俳句を交しましょうよ。

◆凛君との初対面理事長室にて

頭《あたま》上《あ》げ流《なが》す言葉《ことば》にビオラの音《ね》

——凛君の声に少し大人びた音を感じて。ビオラはバイオリンよりも大きくて音も低く、オーケストラの中でも慎ましやかな存在なので。

半身《はんしん》を傾《かたむ》け少年目《しょうねんめ》は白《しろ》き

——別れのあいさつでおじぎした時の凛君の顔を思い出して。

# 日野原先生へ　小林凛

往復書簡

そよ風が吹き始めました。夏休みに先生にお目にかかってから、早二ヶ月が過ぎようとしています。先生、お元気でいらっしゃいますか。

僕は、毎日学校へ行っています。学校ではやはり何かが起こりますが、以前よりはましです。

夏休みの終わり頃に、賢島《かしこじま》へ旅行に行ってきました。海で泳いだり、伊勢エビを食べたりして楽しみました。海で浮き輪に乗って浮かんでいて一句。

**「吾《あ》を乗《の》せて漂《ただよ》う浮《う》き輪《わ》波《なみ》まかせ」**

浮き輪に乗って漂っていると、なんだか持ち主の僕に逆らって、浮き輪のほうが好き勝手に漂っているような気がしました。

**「砂《すな》浜《はま》に大《だい》の字《じ》我《われ》とヤドカリと」**

砂浜に大の字になって寝転がっていると、沢山のヤドカリが集まってきました。なんだかこの空間には自分とヤドカリ達しかいないような気がしました。

「流《なが》されしサンダル波《なみ》に履《は》かれけり」

浜辺に置いてあったサンダルが、気がついたら波に流されていました。まるで波がサンダルを履いているようでした。

これらの句は夏休みに作った句のほんの一部です。他にもいろんな句を詠みました。またお送りいたします。

月
日
曜日
吾を乗せて漂う
浮き輪波まかせ
砂浜に大の字我と
やどかりと
流されしサンダル波に
履かれけり
凜

# 小林凜君へ

往復書簡

日野原重明

ひひ孫のような君と俳句で心をかわすなんて、夢のようです。

私は九十八歳の時、なんとかやったことのない新しいことを創《はじ》めようと思い、俳句を作る決心をしました。

俳人の金子兜太先生が、私の教師となって下さることになり、私が送った句を添削してくれたことは有り難い極みです。

金子先生は、その後、健康を害されて入院されましたが、現在ご自宅の句会で俳句をご指導されています。

私と君との俳句のキャッチボールを、先生にお伝えしておきます。

身を屈《かが》め目は高く凝視《みつめ》てぼくを見る

——凜君が聖路加国際病院の理事長室を訪れ、
話をした時の君のポーズが今も私の目に残っている。

君《きみ》たちの使《つか》える時《じ》間《かん》それがいのち

——凜君をはじめ子どもたちに、いのちとは何かを考えてほしいと願う。

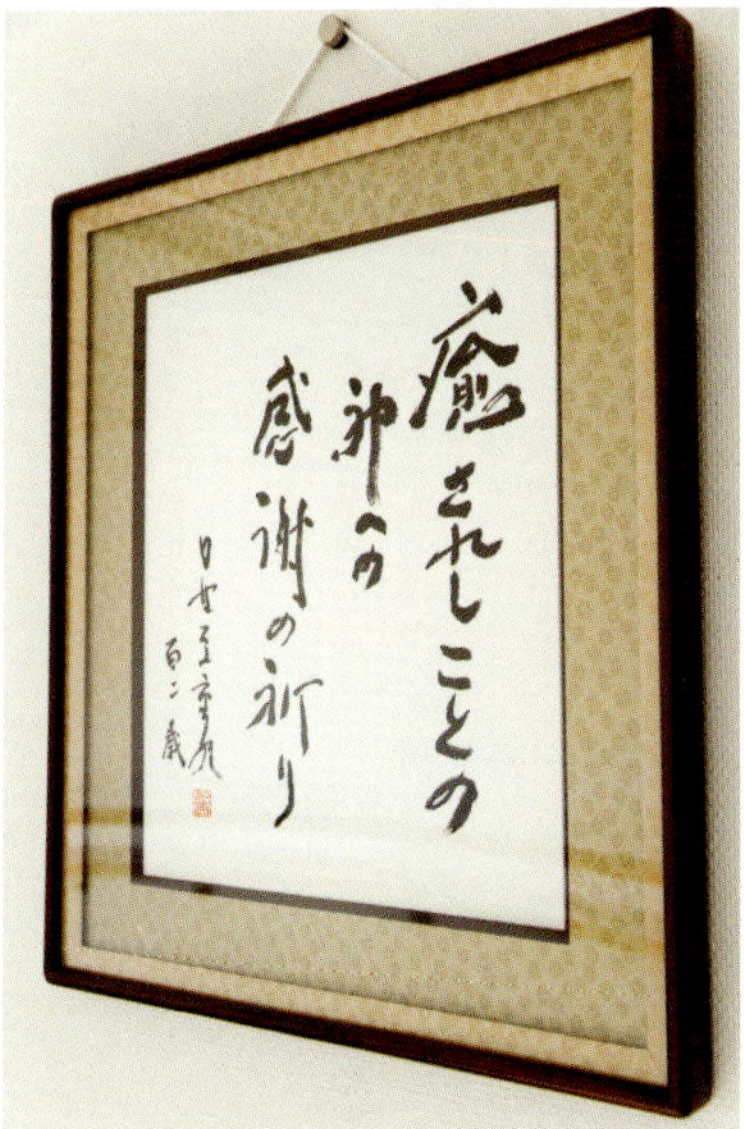

日野原先生へ
小林凛

# 日野原先生へ

往復書簡

小林凛

祖母はおやつに、むしゃむしゃいいながら煮干しを食べます。時々「僕らはみんな生きている♪」と歌いながら。僕は「煮干しを食べながらよく歌えるなあ」と言います。祖母の子どもの頃は、煮干しがおやつだったそうです。ここで一句。

「煮干《にぼ》し食《は》み祖母《そぼ》の鼻歌《はなうた》秋《あき》に入《い》る」

おやつに祖母が大学芋を作ってくれました。蜜をたっぷりかけた大学芋を食べていると、祖母が懐かしそうに昔のことを語り始めました。

「子どもの頃は、お米の配給もほとんどないし、毎日蒸したサツマイモやジャガイモばかり食べる日々だった。時には芋づるも食べた」と言っていました。僕は、祖母はとても過酷な時代を生き抜いたんだなあと思いました。芋といえばこんな話もあります。小さい頃、祖母は妹と畑に捨てられていたくずジャガイモを拾いに行きました。畑の人たちは何も言わず、祖母と妹を優しく見守っていました。けれど、家で蒸したくずジャガイモは芽を取るのを忘れ、祖母と妹はソラニン中毒になったそうです。六十年も前の戦後の話です。大阪から田舎に疎開した祖母は、七人兄妹でしたが、少ない食料でも食べ物を取り合ったことはないそうです。だから、いつもお腹がすいていたそうです。『はだしのゲン』では、ゴボウよりも細いサツマイモを少しかじっただけで、鼻血が出るまで殴られた場面がありました。この場面を見て僕は、戦争は生き残った人々にも心と体の両方に傷をつけ、むしばんでしまう、戦争は二度とあってはいけないものだと思いました。そう思うと僕は、今、食べている大学芋を、タイムマシンがあれば昭和の祖母に届けてあげたいなと思いました。『ドラえもん』の見過ぎです。こんな話を聞いて一句。

「甘藷《かんしょ》食《は》む昭和《しょうわ》の祖母《そぼ》に届《とど》けたき」

# 小林凛君へ

日野原重明

往復書簡

◆凛君が昭和生まれの祖母を想う句に惹かれて

閉《と》じた目《め》に流《なが》れる涙《なみだ》はしわ伝《つた》い

―顔のしわに流れる涙はお礼の涙。明治生まれの私の義理の祖母は、私達の家族のケアに感謝して、涙してこの世を去った。

白米《はくまい》欠《か》け甘藷《かんしょ》で生《い》きのびた祖《そ》母《ぼ》想《おも》う

―太平洋戦争中、白米の配給も閉ざされて。

祖《そ》母《ぼ》想《おも》う君《きみ》の心《こころ》に秋《あき》の空《そら》

# 日野原先生へ

往復書簡

小林凜

二〇一三年十月四日
日野原先生、百二歳のお誕生日おめでとうございます。

先生のお誕生日に、一句お贈りします。

「百《ひゃく》二《に》歳《さい》師《し》の笑《え》み優《やさ》し竹《たけ》の春《はる》」

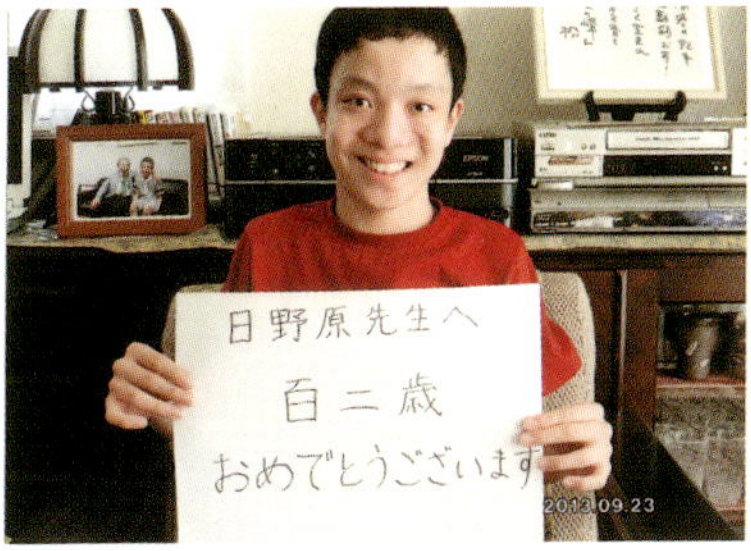


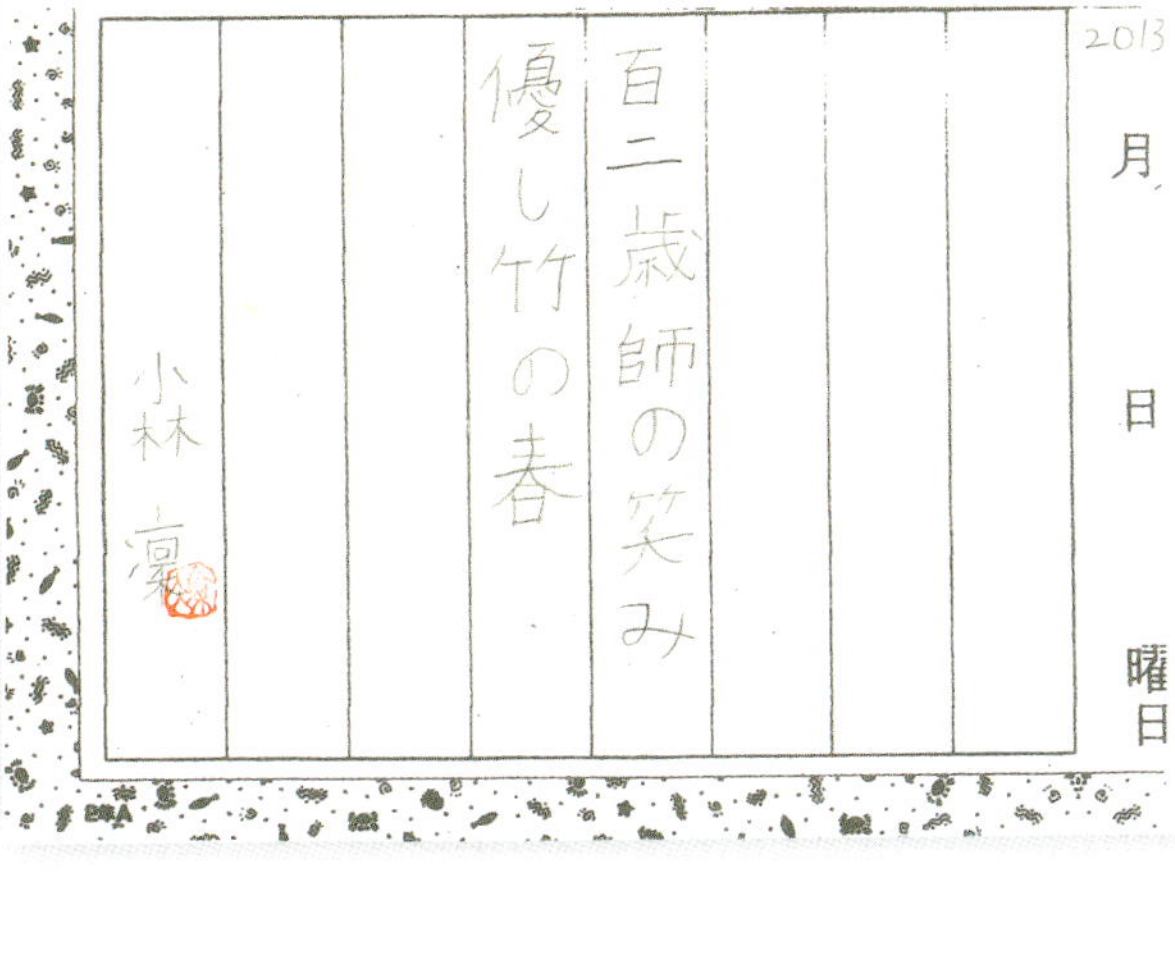
2013 月 日 曜日

百二歳師の笑み
優し竹の春

小林凜

# 小林凛君へ

往復書簡

日野原重明

◆凛君から届いた、私の百二歳への祝いの言葉に応えて

君《きみ》の笑《え》み百二《ひゃくに》の僕《ぼく》の心《こころ》射《さ》す

百二歳《ひゃくにさい》君《きみ》からうけし凛《りん》として

――私は凛君の俳句をうけておのずと背を張る。

百二歳《ひゃくにさい》こころ躍《おど》らす神《かみ》のたまもの

# 日野原先生へ

往復書簡

小林凛

日野原先生へ
小林凛

ある日の下校道、僕はいつものように途中にある家に寄って、庭に繋がれている「犬友」をなでていました。すると、その家のおばさんがガレージで釣りたての魚をさばいていました。横ではおじさんが釣ってきた魚を箱から出していました。珍しいので箱の中を眺めていると、「持っていくか?」と声をかけられ、おばさんが「塩焼きにしてもらいや」と、小ぶりの鯛をビニール袋に入れて下さいました。

僕は嬉しくて尻尾をつかんでぶらさげて家に帰りました。下校道で鯛をもらうなんて、〝ついてるなあ〟と思いました。

おばあちゃんは「岸和田はあったかい町やなあ」と言いました。その鯛は、おばあちゃんが塩焼きにしてくれました。

「釣《つ》りたての鯛《たい》もらいけり下校道《げこうみち》」

2013

十二月 十八日 曜日

カリンの実触るれば
やさし香のつつむ

「おすそ分け」と言っていただいたカリンの実

釣りたての鯛もらいけり
下校道

（塩焼にしました）

凜

## 小林凜君へ

往復書簡

日野原重明

◆凜君からもらった絵のカリンの黄色の皮を見て返句

カリンの香《かお》りは挿絵《さしえ》ににじみ出《で》て
凜《りん》君《くん》の俳句《はいく》は百二《ひゃくに》の僕《ぼく》と折《お》り
凜《りん》君《くん》の笑顔《えがお》の言葉《ことば》を楽《たの》しみながら

# 『葉っぱのフレディ』を通じて九十歳差のふたりが生と死を見つめる

『葉っぱのフレディ』の物語を通じて
世代の違うふたりが「生きること」「死ぬこと」
について語り合いました。

## 『葉っぱのフレディ』あらすじ

——季節は春。大きなかえでの木に新しい葉っぱが芽生えます。最後に生まれたのは小さな葉っぱのフレディで、兄貴分のダニエルから、「僕たち葉っぱは春に生まれ、夏は濃い緑の葉に成長し、森に憩いにくる村人のために木陰をつくる。そして秋には色とりどりに紅葉して、村人の目を楽しませるんだ」と自分たちの人生について教わります。

楽しいことばかりではありません。夏場にフレディたちの木の下に雨宿りにきた老婦人は病に倒れ、秋に亡くなってしまいます。

秋が終わる頃。フレディの友人の葉っぱたちも一枚、また一枚と散っていきます。フレディは言います。「散るって死ぬことなの。僕、怖いよ」。ダニエルも「誰にも散る時が来るんだよ」と答え、いつの間にか散っていきます。残されたフレディは、どう散っていくのでしょうか。どこへ行くのでしょうか。

『「フレディ」から学んだこと
　—音楽劇と哲学思想—』
　作／日野原重明　童話屋刊

日野原先生が手がけた音楽劇『葉っぱのフレディ—いのちの旅—』の原作脚本と、この物語への想いが綴られている。

『葉っぱのフレディ—いのちの旅—』
　作／レオ・バスカーリア
　訳／みらいなな　童話屋刊

アメリカの哲学者・バスカーリア博士が「いのち」について子どものために書いた絵本。

日野原先生へ
小林凜

# 日野原先生へ

小林凜

往復書簡

日野原先生がされている音楽劇『葉っぱの四季 フレディ』の記事を読みました。

自分が散る寸前にフレディは散ることに対して「怖い」という感情を持っていましたが、僕は、散ったり死んだりすることはもう一つの始まりだと思います。生きる者は最後には死ぬけれど、いつかはまた地上に生まれると思っています。先生は「我々はどこへ行くのか」と書いておられますが、その「どこ」とはあの世のことではないかと思います。

僕はあの世とは、死んだ者がまた地上に生まれ変わるまでいるところで、きっと光につつまれ、天使や神様がいて、そこの床は綿のような雲でできていると思います。昨年亡くなった祖父はきっとそこにいるのだと思います。新しい始まりを迎えるために。

毎年秋になると山々は紅く染まり、やがてたくさんの葉が散っていきます。九歳の時、僕は、

「紅葉《こうよう》で神《かみ》が染《そ》めたる天地《てんち》かな」

という句を詠みました。

そして僕はこの季節、『葉っぱのフレディ』の物語を思い出します。

「フレディが落《お》ち葉《ば》の国《くに》から降《こう》臨《りん》す」

これは僕の八歳の時の句です。

「命はめぐる」。そして、フレディもまた春になると青々とした葉に生まれ変わるのだと思います。「散る」ことは恐れることではないのです。もう一つの始まりなのですから。

フレディが落ち葉の国から
降臨す

# 小林凛君へ

往復書簡

日野原重明

百二歳になった記念に、誕生日二日後の十月六日、私は銀座で音楽劇『葉っぱの四季 フレディ』の上演を行いました。

人間は生きている限り、老いて、そして最後には死を迎えます。死について考えることは、いのちについて考えること。このことを小さな葉っぱの一生を通して描いた絵本『葉っぱのフレディ』を原作として、私はこの音楽劇の脚本を書きました。

物語でフレディが死への恐怖を口にした時、人生の兄貴分であるダニエルは、死についてこう語りました。

「ぼくたちは葉っぱに生まれて　葉っぱの仕事をぜんぶやった。太陽や月から光をもらい雨や風にはげまされて　木のためにも他人のためにもりっぱに役割を果たしたのさ。だから引っこすのだよ」。そしてこうも言います。

「まだ経験したことがないことは、こわいと思うものだ。でも考えてごらん。世界は変化しつづけているんだ。変化しないものは　ひとつもないんだよ」。やがてダニエルもフレディも大地へと舞い降り、眠りにつくのです。

死の先に人間がどこへ行くのか、凜君も私も、まだ「その先」を経験していません。ただダニエルが言うように、たとえば凜君は俳人として、私は医師として、周囲に励まされ、時には誰かを自らの仕事で励ましながら、死の瞬間まで「人間としての仕事」を全うしていくほかない。「死」を思う時、私たちは自らが与えられた時間の貴重さ、「生」の意味に、あらためて気づかされるのです。

# 「百二歳《ひゃくにさい》ゴールではなく関所《せきしょ》だよ」

# 小林凛君へ　子どもたちへ

日野原重明

　昨年（二〇一三）の夏から凛君と俳句でやりとりするようになって、私はとても成長してきたと思うようになりました。凛君は立派なエキスパートです。私に色々教えるのは金子兜太さんのような人だけでないのです。未熟な身体で生まれながら、すごい精神力と体力と両方を持っていて、内面にきりっとしたものがあり、すごいと思います。

　凛君とは九十歳差ですから、違う世代を生きています。でも、私も彼と同じ世界に住んでいる。年齢を越えてコミュニケーションできるということが、俳句の素晴らしさだと感じます。

　凛君はいじめに遭い、大変な苦労をしました。学校に行かないのは当たり前だと思います。学校なんて行かなくても、凛君はこんなにすごい文学青年になったのですから。

　学ぶというのは、いろんな文献を読んだり、学校に行って学ぶことだけではないというひとつのありかたを示しました。ひとりひとりが内側にもっているものを掘り出すことが学習なのです。いじめられた経験が動機になることもある。また、人と人との出会いが人間を創ります。凛君が俳句と出会ったこと、そしてこうやって私と出会ったこと、これによってお互いが成長するのです。

　私は八年前から十日に一回、小学校を訪れ、四十五分間の「いのちの授業」を行ってきました。最初はいじめのある学校を訪れ、お互いに許しあうことの大切さについて話してきましたが、最近は「いのちとは君たちが持っている、君たち自身が使える時間だ」という話をしています。

　小学生の子たちはまだ小さくて、自分に与えられた時間を自分のために用いるのは当然のことです。そのために学校で学び、お昼には給食を食べ、午後の体育の時間には体力をつけるために運動し、夕方家に帰ると宿題をやり、夕食を家族とともに食べ、お風呂に入ったあとは床に就く。これらのことはみな君たち自身のためだけにその時間を使っているのです。君たちが上級の学校に入り、勉強するのもすべて君たちのためにやっていることです。

　しかし、君たちが大人になったら、誰か他の人のために、自分の持っている時間を使ってほしいのです。君たちの「持っている時間」を、助けを求めている他の人のために使ってほしいと語り

かけてきました。この言葉は、小学校の六年生用の教科書にも書きましたし、小学生の授業でも話しました。十歳の小学生は非常によく理解してくれました。

そこで私は、ある小学校の六年生の授業でも同じことを話し、最後に私の「いのちの授業」の感想を俳句で詠んでほしいと頼んだところ、全生徒の中から六年一組の三名が白板に俳句を詠んでくれましたので、ここに紹介したいと思います。

「じゃまするな春《はる》の幼虫《ようちゅう》生《う》まれるぞ」

「いのちとは使《つか》える時間《じかん》大切《たいせつ》な」

「卒業式桜《そつぎょうしきさくら》とぼくたちまだつぼみ」

私は昨年の夏、初めて凜君に会った時に、

「頭上《あたまあ》げ流《なが》す言葉《ことば》にビオラの音《ね》」

と詠みました。凜君が子どもながらに大人びた感覚をもっているのを感じたからです。ビオラというのはオーケストラの中でも派手ではなく、慎ましやかに音を奏でていますから。

こういう言葉は、今まで私の俳句では出ませんでした。一番必要な俳句のエッセンスが凜君によって引き出されたと感じています。若い凜君に出会うことによって、百二歳の私でもまだまだ成長できるんだという元気をもらいました。非常に愉快ですね。百二歳になってこういう感覚がもてるというのは、俳句のおかげじゃないかと感じます。創《はじ》めることを忘れないかぎり、人はいつまでも若くいられると思います。

凜君はこれからますます成長していきますが、俳句の才能が伸びるのに引っ張られて身体も大きく成長するでしょう。これからも俳句のやりとりを続けましょう。楽しみにしています。

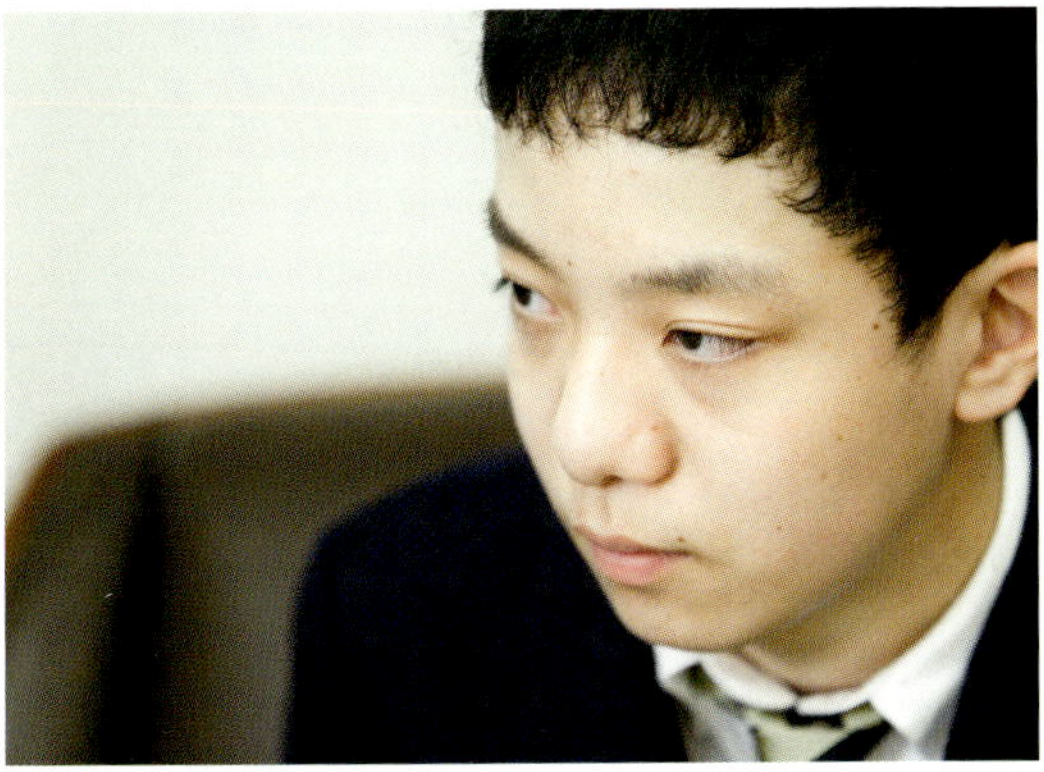

# 聖《せい》路《る》加《か》の師《し》にいだかれて虹《にじ》の橋《はし》

# 第三章

# 僕は一人じゃない——心と心の「往復書簡」

# 「やまないいじめ」

――小学校6年の春、『ランドセル俳人の五・七・五』が出版され、大きな反響を呼んだ。にわかに騒がしく、嬉しいことも増えた日常。しかしその後も、いじめは続いた。学校は何も変わらなかった。小林凜は結局最後まで、教室とは別の部屋でひとりで勉強した。卒業式には出なかった。

**いじめられどんぐりぽとり落《お》ちにけり**

実ったばかりのどんぐりが、悲しくぽとりと落ちました。

**赤《あか》とんぼいじめに怒《いか》り染《そ》まりけり**

赤とんぼが飛んでいました。怒っているかのように真っ赤な赤とんぼは、全然なくならない「いじめ」に対して怒ってくれているかのようでした。もうすぐ2学期が始まります。

**みぞれ降《ふ》り止《と》まらぬいじめ折《お》れし椅子《いす》**

6年生の2学期、教室の僕の席に、壊された椅子が置いてありました。

（すべて12歳）

――そんな中でも、希望を失わずにいられたのは、俳句があったからだ。そして、俳句を通して彼は家族と対話を続ける。

10歳の時に詠んだ「生《う》まれしを幸《さち》かと聞《き》かれ春《はる》の宵《よい》」の対句

葉《は》桜《ざくら》や祖《そ》母《ぼ》の幸《さち》とは我《われ》のこと

おばあちゃんが「凜がいるから、おばあちゃんは幸せ」と言いました。

母《はは》もまた我《われ》を幸《さち》とすかすみ草《そう》

「お母さんもおばあちゃんと同じ思いだよ」と言いました。

（ともに11歳）

# 「全国から届いた応援メッセージ」

『ランドセル俳人の五・七・五』を読んで下さった方々から、教育現場に対する怒りや、励ましなど、数えきれないほどの応援メッセージや俳句が届いた。その一部を感謝の気持ちとともにここに紹介したい。

平成《へいせい》の一茶《いっさ》に学《まな》ぶ八十路《やそじ》かな　木原法子

凛《りん》とした生《い》き方《かた》滲《にじ》む五・七・五　吉田光孝

いじめにも耐《た》えて俳句《はいく》を生《い》き甲斐《がい》に　富谷英雄

君《きみ》にだけ神《かみ》が与《あた》えた恵《めぐ》みあり　れい

端午《たんご》にて天使《てんし》舞《ま》い降《お》り教育改革《きょういくかいかく》　植田由美子

凛君《りんくん》に心爽《こころさわ》やか胸熱《むねあつ》し　桑野隆

梅雨空《つゆぞら》に凛君《りんくん》の句《く》は虹《にじ》を描《か》く　保田比呂子

ランドセル心《こころ》の声《こえ》が届《とど》けられ　名雪凛々

梅雨《つゆ》晴《は》れ間《ま》凜君《りんくん》の句《く》にのめり込《こ》み　下岡弘子

いじめられ支《ささ》えは俳句《はいく》爽《さわ》やかや　初美

俳句《はいく》詠《よ》み重《おも》き梅雨雲《つゆぐも》飛《と》び越《こ》えよ　上野正尚

凜君《りんくん》の観《み》る目《め》言葉《ことば》は百万力《ひゃくまんりき》　函館の応援団

喜寿《きじゅ》吾《われ》の凜君《りんくん》に会《あ》ふ梅雨晴《つゆは》れ間《ま》　福田怜子

凜君《りんくん》のやさしさ強《つよ》さ見習《みなら》わな　山尾法子

夏至《げし》の頃《ころ》独《ひと》り巣立《すだ》ちの雀《すずめ》の子《こ》　山下森人

夏追《なつお》えば小《ちい》さく強《つよ》い君《きみ》がいる　橘由香里

苦《くる》しみを越《こ》えて少年《しょうねん》夏木立《なつこだち》　大石まさみ

河童忌《かっぱき》や俳句《はいく》ひとすじ凜《りん》として　古田幸治

凜君《りんくん》は故郷《こきょう》の誇《ほこ》り雲《くも》の峰《みね》　東信男

吾《あ》の指《ゆび》を歩《あゆ》みたしかに天道虫《てんとむし》　三宅阿子

授《さず》かりし命《いのち》尊《とうと》しこの世《よ》かな　上田捷海

いじめられ泣《な》く子《こ》ご覧《らん》よ鰯雲《いわしぐも》　根本勇

ありがとう元気《げんき》に生《い》きる心温《こころあた》まる　新井

少年《しょうねん》の凜々《りんりん》として銀河《ぎんが》濃《こ》し　紺谷睡花

しあはせは無心《むしん》に生《あ》れし曼珠沙華《まんじゅしゃげ》　澤崎和子

不登校《ふとうこう》世間体《せけんてい》より命綱《いのちづな》　川原栄

句《く》で耐《た》えて希望《きぼう》で進《すす》め道《みち》の奥《おく》　三浦良一

凜君《りんくん》の言葉《ことば》の重《おも》み稲穂《いなほ》にて　平島熏子

ランドセル背負《せお》いて越《こ》えよ秋《あき》の月《つき》　黒川敏明

平成《へいせい》の小林一茶《こばやしいっさ》凜々《りんりん》と　栗原礼子

時満《ときみ》ちて魂光《たまひか》り映《は》ゆ発句《ほっく》の秋《あき》　谷口順子

子等《こら》の声《こえ》希望《きぼう》の証《あか》し空高《そらたか》し　永吉博子

凜《りん》として幾何学模様冬星座《きかがくもようふゆせいざ》　古庄正壽

大《おお》いなる意志持《いしも》ち鷹《たか》の舞《ま》ひ上《あ》がる　桜木秀夫

受《う》けた恩次《おんつぎ》の世代《せだい》へ恩送《おんおく》り　大木悦子

凜君《りんくん》に子規《しき》の魂冬北斗《たましいふゆほくと》　太郎

凜《りん》と咲《さ》け小《ちい》さな体福寿草《からだふくじゅそう》　千田秀男

裸木《はだかぎ》の凜《りん》とそびえて迷《まよ》いなく　株本眞子

命《いのち》このかけがえなきもの冬《ふゆ》の星《ほし》　森本忠紀

雪解《ゆきど》けの外《そと》を見《み》ながら涙《なみだ》ふく　大葉裕子

歳時記《さいじき》に知《し》らぬ春《はる》あり春隣《はるどなり》　中山登美子

ランドセル俳人《はいじん》の句《く》や風光《かぜひか》る　幡江美智子

優《やさ》しさは人《ひと》を憂《うれ》うこと春《はる》の雨《あめ》　渡辺哲

手《て》の中《なか》に世界《せかい》をひとつ雀《すずめ》の子《こ》　和久出京

俳句《はいく》とは素晴《すば》らしきもの春《はる》の宵《よい》　池上政子

凜君《りんくん》の春《はる》に幸《さち》あれいじめなく　福村まり

生《い》き生《い》きと君《きみ》は輝《かがや》く春《はる》の陽《ひ》に　鐏栄子

（すべて敬称略）

ありがとうございました。

小林　凜

**秋《あき》の夜《よる》点字《てんじ》の文《ふみ》を読《よ》みにけり**

僕の本を読んでくれた女の子から、点字のお便りが届きました。
僕は長い間、点字の文を撫でていました。

**はるばると北《きた》の国《くに》よりおじぎ草《そう》**

北海道に住む読者の方から、おじぎ草をいただきました。

（ともに12歳）

# 「小野江小学校との交流」

「神様はちゃんと見ているのだ」。

　第一作目『ランドセル俳人の五・七・五』の発売から数ヶ月。反響が日に日に高まるにつれ、私はそう感じていました。凜君が受けてきたいじめは、あまりにも残酷で、親子が辛酸を舐めてきた六年間を思えば、「与えられた経験に意味のないことなど一つもない」などと能天気なことは、とても言えません。しかしながら、編集部に「うちの息子も凜君と同じようにいじめられて孤独な人生だったが、この本で救われた。親子で読んで涙している」「娘が自殺してから数年。絶望の淵に生きていたが、凜君を応援することで、私はもう一度生きられる」といった内容のお手紙やお電話を頂戴するたびに、小林凜という少年が与えられた「使命」について、意識せざるを得ませんでした。いじめを受け、不登校となり、句作に励んだ小林凜の一冊の句集が、同じようにいじめによって心の傷を受けた、見知らぬ遠くの誰かを助けていく。そして、その方からの励ましの言葉によってまた、小林凜本人が救われていく。——日野原先生が書かれたように、「命とは、自分のためではなく、誰かのために使える時間」のこと。その「使命」を全うできているかどうかを、神様はちゃんと見ているのかもしれない。

　そんな想いをめぐらせていた２０１３年の夏の日、一通の大きな封書が届きました。それは、小野江小学校６年生の皆さんからの感想文集でした。担任の草分京子先生からのお手紙が左記です。本がなければ、出会うこともなかったであろう同じ6年生同士の「誰かのために使える時間」の交換が、ここから始まりました。凜君は、「涙腺が空になった」と、新たな友との出逢いを綴りました。小野江小学校に招かれ、一緒に給食を食べた時。凜君の表情から暗い雲がぱっと消え去り、台風一過の秋の空のような笑顔になりました。こんなふうに笑う子だったのだと初めて知りました。涙が出ました。

　三重と大阪の空は繋がっていました。いえ、励ましのメッセージを送って下さった皆さんの空とも一つに繋がっています。これからも、優しい青空が繋がりますように。草分先生と小野江小学校の皆様の笑顔も、ずっと続きますように。

担当編集・小宮亜里

## 小林凜さんへ

三重県松阪市にある小野江小学校の6年生です。

6年生で俳句を勉強したとき、凜さんの『ランドセル俳人の五・七・五』を教材に使わせていただきました。いくつか俳句を抜粋させていただいたのですが、教科書に掲載されている松尾芭蕉や高浜虚子といった俳人の句より、ずっと興味を持ち、一生懸命感想も書きました。みんな俳句が大好きになりましたよ。凜さんのおかげです。そして、元気と勇気をもらいました。ありがとう。

勉強させていただいたので、感想を手紙にしました。同じ6年生の凜さんに、みんなが元気をもらって勉強させてもらったことが伝わればいいなあと思っています。

うちのクラスは、元気すぎてケンカや衝突もよく起きてしまいますが、休み時間はみんなで遊んでいます。イジメとか言葉の暴力についても考えさせられました。いろいろあっても、みんなやさしい気持ちを持っています。

凜さんがうちのクラスに遊びに来てくれたら、みんな大喜びで歓迎します。遊びに来てもらえたら嬉しいです。

小野江小学校6年担任　草分京子

## 小林凜さんへ　小野江小学校6年　一丸由衣

　私は『ランドセル俳人の五・七・五』の俳句を詠んで、凜さんが虫のことが好きで、こんな俳句を作っているのかなと思いました。よく読んでみたら、小さくてあまり目立たない虫の気持ちが書いてあるので、虫の気持ちになっているんだと気づきました。でも、少し疑問に思ったのは、「成虫《せいちゅう》になれず無念《むねん》のかぶと虫《むし》」や「捨《す》てられし菜《な》のはな瓶《びん》でよみがえり」という俳句で、「無念」とか「捨てられし」とあって、幸せの感情を感じられませんでした。その後、凜さんがいじめを受けていたことがわかりました。それを知って、「苦境《くきょう》でも力一杯姫女苑《ちからいっぱいひめじょおん》」の意味を理解しました。雨の中、風の中でもくたばらず力一杯生きているという俳句なのかなと思いました。あまり思いつかないような俳句が書いてあってすごいなと思います。私も凜さんみたいにすごい俳句を作ってみたいです。

## 小野江小学校から初めてのお便りをもらって

小林凜

　僕の本が出版されてしばらく経った時のこと。学校から帰ると、大きな封筒が郵便受けに届いていた。送り主は、松阪市立小野江小学校と書いてある。早速、封を開けて読んでみると、ぜひ私たちの学校に来てほしいと書かれていた。

　さらに、そのクラスのみんなの写真があり、手紙によると、国語の時間に僕の俳句を使ったことによって、俳句が好きになった子もいるという。他にも僕の本の感想文も入っていた。それを母と祖母に見せると、とても喜んだ。僕は感想文や写真を見ながら、「これはぜひとも行って、みんなと会いたい」と思った。

　最初は手紙で知り合った小野江小学校のみんなだったが、この出会いが最高の二十七人の友達を作るきっかけになろうとは、予想もしていなかった。

2013.11.18
小野江小学校へ行く

1時間目　算数

2時間目　体育

給食

## 3時間目　国語

新作の俳句3句をみんなの前で発表しました。

バッタ捕《と》り跳《は》ねて逃《に》げれば跳《は》ねて追《お》う

栗《くり》食《は》めば旨《うま》いと言《い》う祖《そ》父《ふ》居《い》ぬ夕《ゆう》げ

冬《ふゆ》の薔《ば》薇《ら》立《た》ち向《む》かうこと恐《おそ》れずに

# 涙腺が空になった日

小林凜

草分先生から手紙を頂いた数ヶ月後、楽しみにしていた小野江小へ行く日が遂に来た。ホテルから迎えの車に乗り、揺られること十五分、僕は外から聞こえる歓声ではっと我に返った。車の外に出ると、小野江小学校に着いていた。僕は歓声がどこから聞こえるのだろうかと思い、少しの間あたりを見回していた。すると、校舎の二階の窓からその声は聞こえる。僕が窓の方を見ると、たくさんの生徒が僕を見下ろし、口々に「おーい」と叫んでいる。僕も手を振りながら「おーい」と返した。

校舎の中へ入ると、玄関には出迎えの生徒が二人立っていて、校長室まで案内してくれた。そこで校長先生と話した。僕はその間ちらりと時間割の黒板に目をやった。すると、今日の日付に「凜君来校」と書かれていた。

校長室での挨拶が終わると、先ほどの生徒が教室まで案内してくれた。僕が教室に入ると、感動的なクラッカーがパーンと鳴った。僕が予想していなかった歓迎に驚いていると、生徒が一人「これが小野江小流のお・も・て・な・し」と言ってジェスチャーをした。しょっぱなから僕を笑わせてくれた。

一時間目は苦手な算数で、難しい問題に悩んでいると、そばの席の子が「こんなのわからんよなあ」と声をかけてきた。二時間目は体育。体育が苦手な僕は腰をいためそうになった。三時間目は国語で、僕の作った俳句をみんなで読んだ。僕はここで初めて自分の作った俳句を友達に発表することができて、嬉しかった。四時間目は英語で、実際に外国人の先生が来て、英語を使った楽しいゲームをした。イス取りゲームでは、残った人が座っている人を落とそうとするほど盛り上がった。次はいよいよ給食だ。みんなで食べていると、同じ班の子が、映画『風立ちぬ』のマネで「ハゲ立ちぬ」と言って、まわりの制止を振り切って替え歌まで作って、歌い出した。僕は思わず牛乳を吹きそうになった。その後、楽しく給食を食べていたが、みんなで食べる給食がこんなにも楽しいものとは知らなかったので、感動のあまり涙が止まらなくなった。すると先生が、「まだお別れじゃないからね」と言ってくれた。そして昼休みはみんなでサッカーをした。五時間目は大好きな理科で、化石のレプリカを作った。後日、色を塗るようだったが、僕は残念ながら参加できない。けれど、レプリカは作って持って帰ることができた。

そして、遂に涙のお別れの時、みんなは歌を歌ってくれたり、握手してくれたり、花束までくれた。

僕は帰りのタクシーの中で、「涙腺が空になった」と言った。小野江小のみんなは一人一人個性豊かで、優しかった。

けれども、小野江小と出会うまで僕の小学校生活は、まるで戦場のようなものだった。小野江小との出会いで本当の小学校生活に出会えたような気がする。

さらに後で聞いた話だが、新聞記者さんが小野江小の卒業式でみんなを取材した時、ある子が「卒業式の時、そばに凜君がいるような気がして涙が出てきた」と言ってくれたそうだ。僕はそれが何よりも嬉しかった。僕は一人ではない。

母は「もう一度、小学校をやり直させてやりたい」と何度も言っていた。けれど、小野江小学校との出会いによって、ほんのひとときでも小学校生活を味わうことができた。そんな気がする。

僕はこのことを一生忘れない。

「コスモスの一輪《いちりん》ごとに輝《かがや》きぬ」
「コスモスに囲《かこ》まれし我《われ》涙《なみだ》かな」

2013
十一月 十八日 曜日
コスモスの一輪ごとに
輝きぬ
コスモスに囲まれし我
涙かな
コスモスは小野江小六年生の
みんなのことです。
凜
2年A

小《こ》春《はる》日《び》のごと迎《むか》えられ小《お》野《の》江《え》小《しょう》

小《こ》春《はる》日《び》や横《おう》断《だん》幕《まく》のおもてなし

旅《たび》終《お》えし小《お》野《の》江《え》の菊《きく》を家《いえ》中《じゅう》に

小野江小学校の友から頂いた大きな菊の花束は、
帰宅後、家中に活けました。

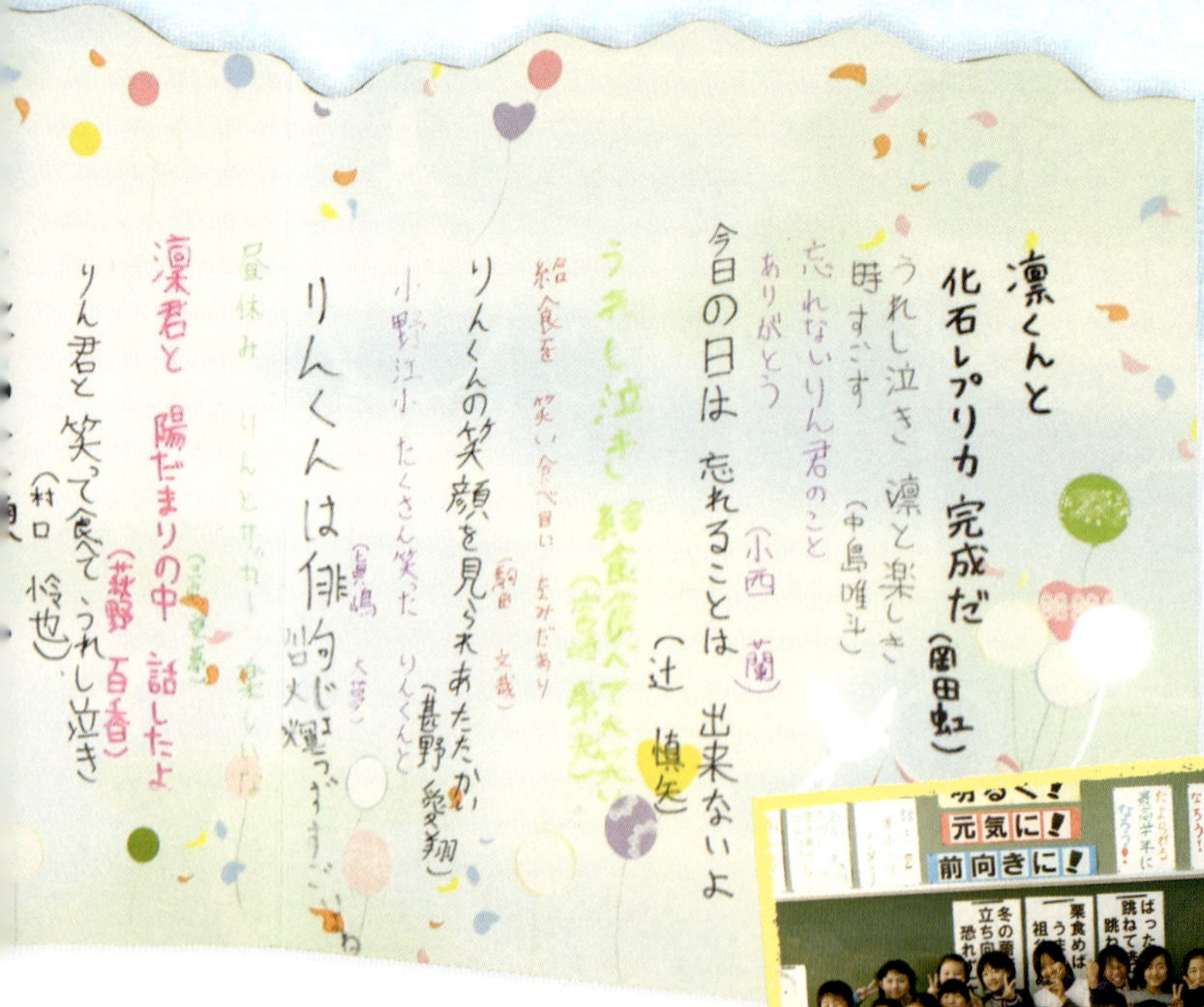

# ありがとう

　凜君との一日は、楽しかったです。国語の時間には、凜君の俳句について勉強しました。凜君の俳句は、誰かをはげますことができる俳句だと思いました。「冬の薔薇立ち向かうこと恐れずに」は、寒い時でも元気にバラががんばっているということなので、がんばりたいと思う勇気が出てくるから、凜君はすごいと思いました。

　『ランドセル俳人の五・七・五』は、いじめられている子やいじめている子、何かをなやんでいる子たちが読むといいと思います。この本を読んで、いじめられている子は勇気をもらうことができ、いじめている子はこれはやっぱりやめた方がいいなと思ってくれるから、読んでほしいです。

　これから、誰かいじめられている人がいたら、「だいじょうぶだよ」とはげましてあげて、助けたいと思います。

小野江小学校6年　山下留奈

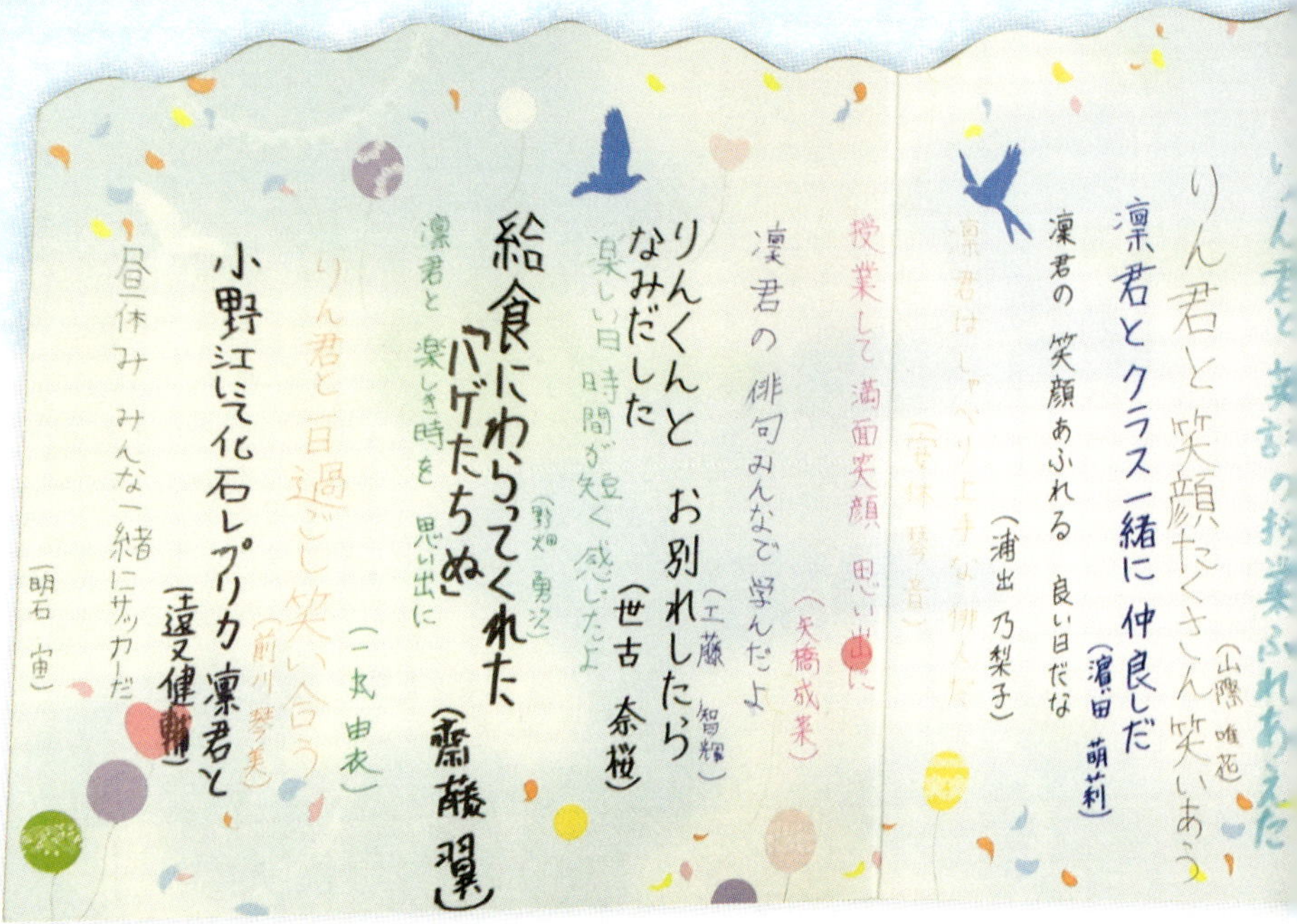

りん君と笑顔の授業あふれえた

りん君と　笑顔たくさん　笑いあう
（山emoji 唯花）

凜君とクラス一緒に仲良しだ
（濱田 萌莉）

凜君の　笑顔あふれる　良い日だな
（浦出 乃梨子）

凜君はしゃべりようも似ている
（林 時音）

授業して満面笑顔思い出に
（笑啼成果）

凜君の　俳句みんなで　学んだよ
（工藤 智輝）

なみだした　りんくんと　お別れしたら
（世古 奈桜）

給食にわらってくれた「ハゲたちぬ」
（齋藤 翼）

凜君と楽しき時を思い出に
楽しい時間が短く感じたよ
（對畑 勇之）

りん君と目通じ笑い合う
（前川 葵夏）

小野江で化石レプリカ凜君と
（遠又 健輔）

昼休みみんな一緒にサッカーだ
（明石 宙）

## 「忘れない　凜君のこと

　11月18日、凜君が朝から来てくれました。初めはあまりしゃべらなかったけど、給食ではいっぱい笑って、楽しそうでした。国語の時間は、凜君の新しい俳句「栗食めば旨いと言う祖父居ぬ夕げ」を聞いて、おじいちゃんが亡くなっても俳句にしてがんばっていると思いました。
　凜君の本『ランドセル俳人の五・七・五』は、今、日本でいじめにあっている人に読んでもらって元気になってもらいたいと思います。いじめている人にも読んでもらって、同じ人間だから、いじめてはいけないと感じてもらえれば、いじめにあう人もいなくなると思います。
　これからも、人を傷つけることはやめて、いじめられている人がいれば、助けていきたいです。
　　　　　　　　　　　　　　　小野江小学校6年　宮崎康央

2014.2.22

## 再び小野江小学校へ

武四郎《たけしろう》まつりに参加しました。

**卒業式**

小野江小のみんなが
自分の学校の卒業式に
出席しない僕のために
卒業式をしてくれました。

友《とも》の待《ま》つ春遠《はるとお》からじ小野江小《おのえしょう》
友集《ともつど》う光《ひか》る笑顔《えがお》に春動《はるうご》く
その下《した》に仲間《なかま》がいるよ春《はる》の空《そら》

小野江小学校のみんなと共に卒業します!

## 凜君はみんなと給食を食べて笑い、いつのまにか泣いていた

小野江小学校6年担任　草分京子

2013年11月18日、凜君は小野江小学校に来てくれました。この日、小野江小学校6年生のみんなは一日中ニコニコと過ごしました。凜君はみんなにとって「天才的な俳人」で、国語の時間に初めて教えてもらった俳句に、「すごいなあ」と言いながら感想を語り合いました。でも凜君は運動は苦手なようです。みんなは凜君が楽しめるよう、運動や遊びの方法を考え始めました。給食の時間、いつものように、みんなの騒がしい給食が始まりました。食べながらしゃべり、笑い合い、それは「いつもと同じこと」だったのに、凜君はいつのまにか泣いていました。

翌日、みんなで考えました。「どうして凜君は泣いてたの？」「どうして凜君が来てくれただけであんなに楽しかったの？」と。「笑ってしゃべって食べること」なんか、みんなにとって「当たり前」のことでした。でも、その「当たり前」の学級生活がどんなにかけがえのないことか、凜君は教えてくれたのです。そして、凜君の得意な俳句を学び、苦手な体育は自分たちが手を差し伸べる……誰にだってできること、できないこと、苦手なこと、得意なことがあり、それを補い合い自分の力を出し合えば、どんなに心地よい仲間になるかわかったのです。そう、凜君は「天才的な俳人」でも、「いじめられているかわいそうな子」でもなんでもない、私たちの仲間になりました。

それからみんなは凜君に俳句葉書を送り続けました。マラソン大会、社会見学……だって凜君はみんなの仲間でしたから。

そして今年2月末、また凜君は小野江に来てくれました。今度は地域のお祭りに参加です。ステージに立った28人を、たくさんの参観者が温かく見守ってくれているのが痛いほどひしひしと伝わってきました。私はあとから、「あの子、がんばってたねえ」と何人もの方から声をかけられました。凜君は、みんなと地域の方や保護者の方ともつなげてくれました。

このお祭りの日の前日、少し早いけど、「凜君の卒業を祝う会」を行いました。係の子たちが作った手作りの卒業証書には、「一緒に卒業しましょう」と書かれていました。3月、小野江小学校の卒業式に凜君はいなかったけど、みんなは呼びかけの中で凜君の俳句を詠み、「私たちには28人目の仲間がいます」と呼びかけました。凜君から届いた花束が中央に飾られたステキな卒業式でした。「いじめられ行きたし行けぬ春の雨」と詠んでいた凜君は、二度目の交流のあと、「友集う光る笑顔に春動く」と詠んでくれました。そしてまた、「その下に仲間がいるよ春の空」と詠んでくれたことを知りました。なんて明るい俳句でしょうか。「春」はステキな出会いの季節です。28人の仲間たちが、「仲間のいる空の下」を信じて歩んでいってほしい。どうか、子どもたちに、悲しい俳句を詠ませないでほしいと願います。

# たとえば君が傷ついて　母・史

「六年間は、嵐の中の灯火のようだった。長かったよ」。これが息子の感想だった。

極小未熟児だった息子には残酷すぎるいじめの連続だった。目が合えば顔面に空手チョップをされ、机の下に隠れたり、必死で逃げる幼い姿を思うと、今も眠れぬ夜がある。親としては子どもの心身を守ることに徹するしかなく、自宅学習を選んだ日々。この六年間は私たち親子にとって、まさに「いじめとの闘い」だった。

しかし、嵐の中にも温かい先生との出会いがあった。一年生から見守り続けてくださったA先生。息子は「**薔薇《ばら》咲《さ》いて恩師《おんし》の笑顔《えがお》思《おも》い出《だ》す**」と俳句にした。三年生の時、学校の畑で呟いた「**ゆっくりと花《はな》びらになる蝶々《ちょうちょ》かな**」を連絡帳に書き留めてくださったS先生。五年生の不登校時、家に来てくださった教頭先生の前で「**形《かたち》なし音《おと》なしけれど原爆忌《げんばくき》**」と詠んだ句は、俳人の方々からも評価していただいた。六年生の最後の年、彼の俳句に楽しいイラストを描いてくださったH先生。他にも、息子との心の交流をもってくださった先生方との出会いは、家族にとっても救いだった。

息子は俳句を詠むことで、広い世界と繋がることができた。六年生の夏には、生涯忘れることはできないであろう出会いがあった。三重県松阪市立小野江小学校から、「私たちの学校に来てください」と便りが届いた。

天にも昇る思いでその学校を訪ねた私たち親子は、担任の草分先生と六年生二十七人に迎えられた。息子は教室の真ん中に用意された座席に座り、その日の授業を全て受けた。国語の時間には、黒板の前で自分の俳句をはにかみながら説明した。体育や化石の授業、クラスメートの中での生き生きとした息子の顔！　息子の心からの笑顔と嬉し泣きに、私も涙を抑えることができなかった。息子は「自分の居場所」に巡り会えたのだ。

いじめと闘い苦悩した日々は、人間性豊かな教育現場と、そこで学ぶ幸せな子どもたちによって、「人間への信頼と希望」に変わった。

別れの時、『ＢＥＬＩＥＶＥ』という歌を歌ってくれた二十七人の歌声は、今も耳に残る。

たとえば君が傷ついて
くじけそうになった時は
かならず僕がそばにいて
ささえてあげるよ　その肩を

自尊心を傷つけられ、幾度も風前の灯火のようになった息子にとっての支えは、俳句だった。その俳句がきっかけとなって、同じ年齢の仲間から差し伸べられた手は、息子にとってどれほどの喜びだったことか。

翌年二月に再び松阪市を訪れた。北海道の名付け親として知られる「松浦武四郎」生誕の地である地元のお祭りに呼んでもらったのだ。アイヌの方々に踊りを教わって踊った。二十七人とともに舞台に立たせてもらった息子は、地元の方々の中で文化をも学んだ。

小野江小学校の二十七人は、息子のために卒業式をしてくれた。

「私たちは、ずっとあなたの友だちです。ともに、この小野江小学校を卒業しましょう」と書かれた卒業証書を渡された。同窓会で再会する約束をして。

**「行《ゆ》く年《とし》や良《よ》きも悪《あ》しきも懐《なつ》かしき」**

怒涛のような六年間だった。

年末に詠んだ息子の句に、苦しみを乗り越えた彼の成長を見る思いがした。初めての句集『ランドセル俳人の五・七・五』を出版した後、多くの方々に温かいお心をいただいた。感謝の思いで胸を一杯にした息子は、晴れ晴れとした気持ちでランドセルを肩から下ろした。そしてやはり感謝の思いで胸が一杯の母は、この夏、凜に背丈を抜かれた。九四四グラムで生まれてきた我が子に。

仲直《なかなお》り桜吹雪《さくらふぶき》の奇跡《きせき》かな

制服《せいふく》の裾《すそ》折《お》る祖母《そぼ》や春日《はるひ》差《さ》す

革靴《かわぐつ》の黒光《くろびか》りしておらが春《はる》

希望《きぼう》の芽《め》春《はる》へと向《む》かう命《いのち》かな

ランドセル降《お》ろし湖《こ》面《めん》に春《はる》映《うつ》る

# 小林凜君の俳句によせて

金子兜太

私は朝日俳壇の選者を27年やっていますが、小林凜君のような子が出現したのは、朝日俳壇では初めてのことです。子どもの句の投稿はたくさんありますが、私が優先する基準はまず子どもらしい純粋な感覚、次に子どもらしくひねって遊んだようなおもしろさです。だから私が子どもの句を選ぶことは少なくなってしまう中で、凜君の句は非常に感心させられた大変稀なケースといえます。

凜君は非常に感覚が純粋で、自然や物を友達のように思う感覚が他の子より深いのだと思います。表現力の豊かさはすでに大人の世界です。それとともに批判力も持っていて、それが決して批判のための批判ではなく、自ずから現れるような形で批判力が出てきていると感じます。いじめる相手を直接非難するような句より、それに耐えている自分の心の動きや思いを俳句で表そうとしています。もちろん凜君の才能が素晴らしいのですが、いじめに遭いながらも、家族の愛に恵まれていたことが彼にとって大きかったと思います。苦境の中で自分の抵抗力を俳句表現にかけている、それ以外にないと思っているのではないでしょうか。死ぬほど辛い思いをしていることをわからせないぐらい一生懸命耐えていたのですが、俳句を見れば彼が必死に耐えていることがわかりました。凜君のように、抵抗しているものを自分の内面で消化し表現できる子は、辛くても耐え抜ける。それができず自ら命を絶ってしまう子もいますが、教師や周りの大人の鈍感さによるものではないでしょうか。

子どもと俳句の結びつきに、凜君ははっきりとした希望を与えてくれたと思います。3年前から文科省が小学生に俳句を学ばせることを決め、先生方が慌てて勉強していますが、そうではなく、本当に子ども達の純粋な気持ちで俳句を詠ませる時期に来ていると感じます。俳句は彼らが小学校生活の中で堂々と自由に作っていい、表現形式のひとつだと思います。凜君の俳句を小学校の教科書に載せてもらいたいぐらいです。特に、いじめられている子がいじめに耐えてこういう句を作っているということは最上の教訓になります。俳句のような短い表現でも、子どもが一生懸命かければ、いじめに耐えられる力が持てるということが大きな収穫だと思います。凜君は、俳句という文芸形式を大いに世に普及してくれる元となってくれました。今後も大いにがんばってほしいと思います。凜君の出現自体が俳句の世界にとっても、教育界にとっても大きな収穫です。

——金子兜太選　朝日俳壇掲載句

**影《かげ》長《なが》し竹馬《たけうま》のぼくピエロかな**　（9歳）

**万華鏡《まんげきょう》小部屋《こべや》に上《あ》がる花火《はなび》かな**　（10歳）

**コルク栓《せん》夏《なつ》の宴《うたげ》の名残《なごり》かな**　（13歳）

# あとがきにかえて

母・史

凜の小学校卒業を前に私たち家族は、いじめが尾を引く懸念がある地域を避けて、中学受験を決めた。遅すぎる秋のスタートだったが、凜は猛勉強し、一月に合格通知を手にした。家族は、これで平穏な中学校生活を送らせてやれると信じていた。凜は新しい制服に腕を通し、通学用の革靴を履いてみせた。耐え抜いてきた凜の喜びは、一茶の句をお借りして、次の一句になった。

**「革靴《かわぐつ》の黒光《くろびか》りしておらが春《はる》」**

しかし、入学してすぐ、クラスの中で小学校でもなかったような危険な悪ふざけが始まった。顔の前でペンを振り上げる。「凜太郎を殴って来い」と命令された子が凜の前に来て、「言われたので来ました」と言った。小学校低学年の時、担任がいじめの訴えを認めず、適切な指導をしなかった。そのため、凜はいじめの対象として子どもたちに定着してしまった。この経験から、初期対応の重要性を伝えたく学校に頼んだが、管理職から返って来た言葉は、「相手の子はしてないと言っています」だった。そして、唐突に次の言葉が返ってきた。「西村君、することが遅いので周りの子がイライラしています」。

私は耳を疑った。私自身、教育現場に勤めてもう長いが、教師が生徒のことでこのような発言をすることを聞いたことがない。敏捷性のある子、スローな子、色々な子がいて、集団の中で違いを認め合い助け合いながら成長していくのが学校ではないのか。凛はその言葉を聞いて「僕、好きでゆっくりしてるんじゃない。心は急いでいるんだけど、思うように動けないんだよ」と言った。私は、ここは教育的環境ではないと、転校を即決した。

「**天国《てんごく》の雲《くも》より落《お》ちて春《はる》の暮《くれ》**」

この句を口にした凛の心中を思うと胸が痛かった。

息子は今、市内の公立中学校に通い、先生方の理解を得て生き生きと学んでいる。授業中に野鳥が校舎に飛び込んで来た日、

「**迷《まよ》い来《き》て野鳥《やちょう》も授業《じゅぎょう》受《う》ける夏《なつ》**」

と詠んだ。また、校庭に捨てられていた子猫が、翌日死んでいるのを見て、先生方とお墓を作り手を合わせた。

「**猫《ねこ》の墓師《はかし》と手向《たむ》けたるすみれ草《ぐさ》**」

学校生活が想像できるような凛の句に、家族は今までの心労が吹き飛んだ。

私立中学に在籍したのは、実質三週間ほどだったが、ずっしり重い鞄を肩に、通勤ラッシュの電車を乗り換えて一時間半の通学は、凜にとって大きなプラスだった。体格もがっしりとし、一皮剝けたような成長だった。

**「吸《す》い込《こ》まれ押《お》し出《だ》され行《ゆ》き春《はる》の駅《えき》」**

小さく生まれ、神経をすり減らすほどに守るべき存在だった息子の手は、今や私の肩をもんでくれる。受験勉強して合格したことも、電車通学も、プラスになった。家族もまた、教育現場の違いを知ることができたのだ。

彼の俳句も、成長と共に変化を見せてきた。季節の移ろいや生き物を詠む自然詠の句から、心情を詠むようになった。喜びも悲しみも、五・七・五の十七文字で「自己表現」する凜は、喜びを倍に、悲しみは半減させてくれる。

心ない言葉に家族で何度も悔し涙を流したが、今や俳句で家族に希望を与えてくれるのだ。

二冊目の出版にあたり、九十歳差の往復書簡をしてくださった、聖路加国際病院の日野原重明先生。解説を書いてくださった、金子兜太先生。色紙を頂いた長谷川櫂先生。書評で凜を評価してくださった、ＨＯＮＺ代表成毛眞氏。心から感謝申し上げます。また、拙い息子の俳句に光を当て、世に出してくださった、ブックマン社の小宮亜里氏に深く感謝致します。

そして、応援してくださった全国の皆様に、凜と共に、今一度感謝申し上げます。

母親の私の背を越した凜は、私の少し前を歩き始めました。

2014
六月 十一日 曜日
吸い込まれ押し出され
行き春の駅
中学校に電車で通いました
通勤ラッシュと重なって大変
でしたが、電車通学は楽し
かったです。
あざみ咲く終《つい》の学舎《がくしゃ》と
願いけり
ようやく転校先が決まり、母と
車で学校を見に行きました。
ここが終の学舎となることを僕
願います。
凜

**小林凜**（こばやしりん）

●本名・凜太郎。2001年5月、大阪生まれ。小学校入学前から句作を始め、9歳の時に朝日俳壇に「紅葉で神が染めたる天地かな」で初投句初入選（長谷川櫂先生選）。2013年に『ランドセル俳人の五・七・五　～いじめられ行きたし行けぬ春の雨』（小社刊）を出版し、話題を集める。好きな俳人は小林一茶。母と祖母と犬と暮らす。

イラスト：ひかり先生

## 冬の薔薇立ち向かうこと恐れずに

2014年 9 月26日　初版第一刷発行
2014年10月 2 日　初版第二刷発行

著　者　　小林凜

カバー装丁　　片岡忠彦
ブックデザイン　　近藤真生
撮　影　　高岡弘
協　力　　日野原重明、『報道特集』（TBS）、
小野江小学校6年生（2013年度）＆草分京子
校　正　　大河原晶子
Special Thanks　　カニングハム久子、ショーン・ハート
JASRAC 出 1410718-401

編　集　　小宮亜里、柴田みどり
発行者　　木谷仁哉
発行所　　株式会社ブックマン社
〒101-0065　千代田区西神田3-3-5
TEL 03-3237-7777　FAX 03-5226-9599
http://bookman.co.jp

印刷・製本　　凸版印刷株式会社

ISBN 978-4-89308-827-7


●P106上段でご紹介させていただいた俳句は作者不明でしたので、ご了承を頂けぬまま掲載いたします。すべての責任はブックマン社にあります。お心あたりのある方は、上記ブックマン社編集部までご一報ください。